ASA
House

培养

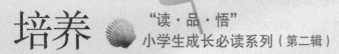

"读·品·悟"
小学生成长必读系列（第二辑）

小学生责任感的
100个故事

总 主 编◎高长梅

本册主编◎刘七平

九州出版社
JIUZHOUPRESS | 全国百佳图书出版单位

图书在版编目(CIP)数据

培养小学生责任感的 100 个故事/刘七平主编. –北京:九
州出版社, 2008.11(2021.7 重印)

("读·品·悟"小学生成长必读系列. 第 2 辑)

ISBN 978-7-80195-937-9

Ⅰ. 培...　Ⅱ. 刘...　Ⅲ. 故事—作品集—世界　Ⅳ. I14

中国版本图书馆 CIP 数据核字(2008)第 187602 号

培养小学生责任感的 100 个故事

作　　者	高长梅 总主编　刘七平 本册主编
出版发行	九州出版社
地　　址	北京市西城区阜外大街甲 35 号(100037)
发行电话	(010)68992190/2/3/5/6
网　　址	www.jiuzhoupress.com
电子信箱	jiuzhou@jiuzhoupress.com
印　　刷	北京一鑫印务有限责任公司
开　　本	720 毫米 × 980 毫米　16 开
印　　张	10
字　　数	112 千字
版　　次	2009 年 1 月第 1 版
印　　次	2021 年 7 月第 3 次印刷
书　　号	ISBN 978-7-80195-937-9
定　　价	29.80 元

目 录 _{Lu} _{Mu}

第1辑 有一种使命充满了温馨

动物园里有熊猫母子，管理员决定将它们放回到森林里。首先被放回的是熊猫妈妈。管理员发现，熊猫妈妈的生存状况并不理想，退化了的生存技能让它很难找到食物。但是小熊猫也被放出来后，管理员惊奇地发现，熊猫妈妈和小熊猫都变得强壮了很多。原来这对熊猫母子在相聚之后，为了生存，互相依靠，互相照顾，每天都拼了命地去寻找食物。

有一种使命充满了温馨，那就是亲情的责任，在这份责任的背后是一种让人泪流满面的感动。

第2辑 责任中的细微体验

一位德国商人发现他每次去大阪时，车上的座位总在右窗口，返回东京时又总在左窗边。商人很好奇询问售票员其中的缘故。售票员笑答道："车去大阪时，富士山在您右边，返回东京时，富士山已到了您的左边。我想外国人都喜欢富士山的壮丽景色,所以我替您买了最合适的车票。"德国经理听了之后,立即决定在日本投资。他觉得日本人对细节都这么认真负责,很值得信赖。

人生是一个履行责任的过程,当你把自己应做的事情做得更细致、更负责一点,常常会有一些意想不到的收获。

第**3**辑

只有你才能对自己负责

有人做过统计,近20年来,在全球500强中,从美国西点军校毕业出来的董事长有一千多名,副董事长有两千多名,总经理或董事这一级的也有五千多名。为什么不是商学院培养了企业领导人,而是西点军校呢?进一步的研究发现,在这些成功人士的身上,有着一个共同点,那就是对自己都有着深深的责任感。高度的责任心促使他们要求自己精益求精,不断超越,也让他们比别人更容易获得成功。

人生的道路没有谁可以代替你来走,只有你才能对自己负责。幸福与成功不是依靠别人的给予,而是要凭借自己的力量去创造。

第4辑 责任是一架永不倾斜的天平

有一次，英国王子哈里应邀参加朋友的生日化装晚会，他无视自己身份的特殊，打扮成德国纳粹士兵形象登台亮相，他胳膊上红黑相间带有纳粹标志的臂章格外刺人眼目。后来这件事情被人们知道了，哈里立即成为众人谴责的对象，他们强烈要求哈里王子为自己的行为道歉。面对历史，面对人民，哈里虽贵为英国王子，也不得不在事后正式发表声明道歉。

责任是一架永远都不会倾斜的天平，在这个天平之上，无论是谁都得为自己的行为负责。

第5辑 不敢愧对盛开的鲜花

在悉尼的玫瑰港湾，坐落着一座座豪华的别墅，每幢别墅都带有一个别致精巧的小花园。但是要想在这里居住，除了要有经济实力还必须具备足够的责任心。因为在澳大利亚，私家花园的维护修整是每一位住户所肩负的社会责任。即使你是政府高级官员，如果疏忽了对花草树木的照顾，也将接受法律的制裁。

大自然给我们提供了赖以生存的环境，我们应该尊重这一份美好的馈赠，把它当做一种责任去承担，珍惜和爱护每一个与我们共存的生命。只有不愧对大自然的奉献，我们才能拥有更加和谐美好的家园。

第1辑

有一种使命充满了温馨

动物园里有熊猫母子，
管理员决定将它们放回到森林里。
首先被放回的是熊猫妈妈。
管理员发现，熊猫妈妈的生存状况并不理想，
退化了的生存技能让它很难找到食物。
但是小熊猫也被放出来后，管理员惊奇地发现，
熊猫妈妈和小熊猫都变得强壮了很多。
原来这对熊猫母子在相聚之后，
为了生存，互相依靠，互相照顾，
每天都拼了命地去寻找食物。
有一种使命充满了温馨，那就是亲情的责任，
在这份责任的背后是一种让人泪流满面的感动。

不 必 后 悔

"敢于承担自己行为后果的人是坚强的人，只会后悔的人只能让自己变得更加懦弱。"

有一次，海涛做完功课之后和伙伴文凯来到了市政广场玩耍。由于安迪斯大街聚集了很多艺人，所以那是孩子们都乐意去的地方。那儿不仅有许多风格各异的表演，还有许多令孩子们感兴趣的东西。在海涛刚学会走路的时候，每逢节日，父亲塞德兹都会带他去那儿，给他买一些具有异国风情的纪念品和民间特色的手工玩具。

海涛与文凯走在人群拥挤，并且狭窄的安迪斯大街上，被各种好看的玩意所吸引。他们东走西看，还不时地讲述自己的计划。就这样，他们在不知不觉中逛了很长时间。

正当他们陶醉在美丽的梦想之中时，一个比他们大得多的孩子突然出现在他们面前，并一把抓住文凯。

"你们刚才为什么欺负我的小兄弟？"大孩子指了指他身旁的一个孩子。

"什么？我们根本就不认识他，怎么会欺负他呢？你们是不是认错人了？"文凯对那个大孩子说。

"你可别乱说。我们什么时候欺负你了？"海涛喊了起来。

"你们还敢否认！就在刚才,你们撞了我一下。"小孩子不服气地说。

"原来是这样。"这时,海涛突然想起,就在刚才,可能是他们玩得太高兴,在蹦蹦跳跳的时候,的确不小心碰了一下那个孩子。没想到这种在生活中时常发生的小事却引起了这样的冲突。

"哦,我想起来了。我们刚才不小心碰到了你,但我们不是有意的,对不起。"海涛立刻向那孩子道歉。

"你们要拿出你们身上所有的钱给我的小兄弟。"大孩子恶狠狠地说。

"为什么？我们只是不小心碰了他一下,用得着这样吗？"

"当然,如果你们不愿意,有你们好受的。"

这时,文凯被大孩子的阵势唬住了,他害怕地对海涛说:"我看……还是……给他们钱吧！"

"不,这绝不可以。"海涛坚决地否定了文凯的提议。

大孩子一听海涛这样说,立刻用力推了他一把,接着,他们就开始动手拉扯起来。到了后来,他们渐渐从拉扯发展到了厮打。文凯显得很害怕,但还是进行了自卫。最后,海涛扔过去一只铜壶,砸伤了大孩子。

回来后,海涛对父亲讲述了这个遭遇。

"其实,在那种情况下,一味地忍让是没有用的,那是一种懦弱的表现。"父亲说,"你可以反抗和自卫,但用那么坚硬的东西打那个孩子,很容易使他受伤,这是不对的。"

"是的,我就是因此而懊悔。为了一点小事就把他伤成那样,真是不应该。"海涛垂头丧气地说。

"不,儿子,你现在要做的不应该是后悔,事情已经发生了,就只能自己去面对它。"塞德兹为了让儿子从懊悔的情绪中挣脱出来，说："敢于承担自己行为后果的人是坚强的人，只会后悔的人只能让自己变得更加懦弱。"

责任小语

　　每个人在成长过程中，难免会犯这样那样的错误。犯错不可怕，关键是要能勇敢的面对错误，承担因失误而导致的后果，找出解决问题的办法。如果只是一味地沉浸在后悔的情绪之中，非但事情得不到解决，还会使自己前进的脚步停滞不前。　　（朱小华）

责　　任

他离太阳越来越近，他的翅膀开始慢慢变软，他的羽毛开始一根根脱落，散在空中，突然蜡一下子全部熔化了。

　　代达罗斯是古希腊技艺最精湛的建筑师和发明家。他在全国建造了许多宏伟的宫殿和花园，创造了令人惊叹的艺术作品。他的雕像手工精巧，惟妙惟肖。人们都说，像代达罗斯这么聪明的人一定是从神仙那里学到了绝活儿。

　　海那边的克利特岛上住着一个叫弥诺斯的国王。他有一个半牛半人的可怕怪兽叫弥诺坨，国王需要一个地方关住它。

当他听说代达罗斯的高超技艺以后，就邀请他到自己的国家为怪兽建一个禁闭室。于是代达罗斯和自己年轻的儿子伊卡洛斯就乘船来到了克利特岛。

代达罗斯建造了著名的迷宫，迷宫迂回曲折，错综复杂，任何进去的人都无法找到出来的路。于是，他们就把弥诺坨放到了迷宫里。

迷宫建好以后，代达罗斯想和儿子一起乘船回希腊，但弥诺斯却下决心要将他们留在克利特岛。因为他希望代达罗斯能为他设计出更多美妙的东西来。

于是他把父子俩关在海边的一个高塔里，国王知道聪明的代达罗斯一定会想办法逃出来，所以他下令每一艘驶离克利特岛的船只都要接受搜查，以防代达罗斯偷渡逃跑。

换作别人也许就放弃了，但代达罗斯不会。他从高塔上看到海鸥迎着风在大海上滑翔。"你可以控制陆地和海洋，"他说，"但无法控制天空。我们可以从那儿逃走。"

代达罗斯冥思苦想，开始工作。渐渐地，他收集了一大堆大小不一的羽毛。他用线把它们连接在一起，再用蜡固定，最后他做成了一对巨大的翅膀，就像海鸥的翅膀一样。代达罗斯把它们绑在肩上，经过一两次笨拙的尝试，他发现挥动双臂可以升到空中，他将自己高高悬在空中，随风挥动翅膀，最后他终于学会了像海鸥一样熟练地在海上滑行、飞翔。

接下来，他又为伊卡洛斯做了对翅膀。他教儿子如何舞动翅膀，升空几英尺，在屋子里飞来飞去，然后他又教他如何控制气流，盘旋上升，悬在空中。他们一起练习直到伊卡洛斯学会。

终于有一天，风向刚好合适，父子俩绑好翅膀，准备飞回家。

"记住我跟你讲的一切，"代达罗斯说，"首先，记住不要飞得太高或太低。你如果飞得太低,羽翼会碰到海水,沾湿了会变得沉重,你就会被拽到大海里;要是飞得太高,太阳的热度会将蜡熔化,翅膀上的羽毛就会分开掉下来。跟着我,你就会没事儿。"

他们升到了空中,儿子跟着父亲,可恨的克利特岛逐渐远去。在他们飞行的过程中,农夫停下了田里的工作抬头看,牧羊人倚着木杖向上望。人们从房子里跑出来想要看一眼这两个飞过树梢的人,他们肯定是神——阿波罗,可能跟在后面的是丘比特。

一开始,对父子俩来说飞行是很困难的。无边无际的天空让他们感到头晕目眩,即使是往下匆匆地一瞥都让人眩晕。但慢慢地,他们已经习惯在云中飞行了,也不再害怕。伊卡洛斯感到风充满了翅膀,把他抬得越来越高。他感到一种从未有过的自由,他兴奋地向下看。看飞过的岛屿、人群,还有白帆点点的蔚蓝海面。他飞得越来越高,忘了父亲的警告。除了喜悦,他什么都不记得了。

"回来!"代达罗斯疯狂地喊道,"你飞得太高了!小心太阳!下来,下来!"

但伊卡洛斯除了兴奋和欢喜以外,什么也没有想。他渴望尽自己所能飞近天国。他离太阳越来越近,他的翅膀开始慢慢变软,他的羽毛开始一根根脱落,散在空中,突然蜡一下子全部熔化了。伊卡洛斯感到自己往下落时,他开始拼命地拍翅,但没有羽毛可以托住空气。他大喊父亲,但太晚了——一声尖叫后,他从高空坠落,掉入大海,消失在海浪中。

代达罗斯一次又一次在海面盘旋,但除了漂在水面的羽毛,他什么也没看见。他知道儿子一去不复返了。最后,尸体浮出水面,他用力将其从水中捞起。带着沉重的负担和破碎的心，代达罗斯慢慢飞走了。着陆以后，他埋葬了儿子，为他建了一个庙宇。然后他将翅膀收起，再也没有飞过。

责任小语

伊卡洛斯在兴奋和欢喜中忘却了父亲的话，终至葬身海底拿生命做了代价。我们经常忘却父母和老师的教诲，过后却常在失败犯错的时候深深叹息……其实，谨记师长的教诲也是一种责任，是对自己人生负责的一种表现！

（朱小华）

一位丹麦父亲的责任教育

老劳特的回答很干脆，他说："自己犯的错误就要自己承担，学习可以再补上去，但是做人，一定要有原则。"

2002年我在丹麦哥本哈根从事渔业进出口工作。老劳特是这里鱼市场的大户，除了做鱼产品外，还开了一家日常用品商店，从针头线脑到存储鱼的保温箱子，什么都卖。劳特是老劳特唯一的儿子，有1.9米多高，除了上学外，课余的时间就成了店里唯一的店员。老劳特是个乐呵呵很和蔼的人，从来没见他发过脾气，但那次是个例外。

一天，我看到老劳特把劳特拽上汽车，脸色铁青，"砰"的一声，重重地关上了车门。我急忙上前去一探究竟，老劳特黑着脸告诉我，今天下午劳特在商店里把一个塑料塞子松动的次品保温箱卖给了一个渔民，这个箱子是他拿出来准备退货的，但劳特不知道，将它卖了出去。

　　这算得上什么错误？我笑着告诉他："在我们中国，有句话叫不知者不怪，劳特在根本不知情的情况下才犯了这样的错误，又不是故意的，不用这么生气。"

　　"怎么能不生气？那个保温箱可能会引起箱里的鱼变质，对买走箱子的渔民来说，这是一种损失，而且是不小的损失！"老劳特有点激动，他看了劳特一眼说，"我是没有告诉他箱子是要退货的，可是他作为店员应该在卖出箱子的时候替顾客检查清楚，看有没有什么问题。现在，他需要跟我一起去赔礼道歉，弥补别人的损失。"

　　看着老劳特认真的样子，好奇之下，我也跟着老劳特一起上路，我想看看，他究竟怎么来对这件事情进行处理。不过很不巧，到了鱼市场那个渔民似乎出海去了，老劳特很沮丧地拉着我和劳特回来。

　　事情果然如老劳特预料的那样，保温箱出了问题。一天后，老劳特在鱼市场找到了那个渔民，满满一箱子的鱼都变了质，散发出一股子腥臭的味道。老劳特的脸绷了起来。

　　按照他的性格，是绝对不会说保温箱出售的时候没有问题的，看来只好赔偿别人的损失，然后回去再狠狠地教训一下劳特了，我想，这也是唯一的解决办法。没想到老劳特竟然跳上汽车，头也不回地走了。

　　大概过了半个小时，老劳特开着车回来了，车上还坐着本应该在学校上课的劳特。我没想到，老劳特如此较真儿，还非要儿子过来看看,给他一个教训。

老劳特要劳特把那箱变质的鱼放到秤上,称了一下,然后拿出计算器来,按照当天的价格,算出了渔民的损失,在1000欧元左右,他拿着计算器给儿子看,然后说:"看到了,这是你的错误造成的损失,我不会替你去赔偿,自己的错误要自己来承担。"劳特点点头,什么也没有说。

1000欧元是个不小的数目,要劳特一下子拿出来是不可能的事情,莫非老劳特要扣他几个月的零用钱当成教训? 这下劳特应该记忆深刻了。

可是老劳特的做法再次出乎我的意料,他说:"劳特,我已经帮你在学校请了一个月的假,你这一个月应该为范德萨劳动,到你赔偿够他的损失为止。"

老劳特说到做到,果然,从那天开始,劳特就和那个渔民范德萨出海捕鱼,不管再大的风雨,都一样要出去。我问老劳特,这样的处罚是不是有点过了,孩子的体力可能承受不了,还影响了他的正常学习。老劳特的回答很干脆,他说:"自己犯的错误就要自己承担,学习可以再补上去,但是做人,一定要有原则。"

再见劳特的时候,他身上的皮肤已经被晒得黑红,褪了一层皮,我问劳特:"你觉得父亲对你的惩罚是不是有些过分?"他沉默了一下,然后说:"也许有些,但是我觉得错误的确在我,如果我细心检查一下,可能根本不会有这么多事情发生。"

这是我在丹麦记忆最深刻的一件事情,我问过很多丹麦的朋友,他们告诉我,如果换成他们,一定也会这样做的。

❀ 上善若水

❧ 责任小语 ❧

　　面对错误，有两种常见的态度：一种人退缩躲避，怕承担后果而选择嫁祸他人；一种人勇于承担，在反省中检讨自己的过失。前一种人长大后，必定成为自私自利的人；后一种人长大后，必将成为有责任感的优秀人才！

（朱小华）

孩子，请给妈让座

　　公共汽车上终于有了一个空位，疲惫的我毫无反应，儿子习以为常地一屁股坐下，但随即触电般地跳了起来，说："妈妈，您坐。"

　　儿子14岁生日那天，我很郑重地提出了一个要求：以后在公共汽车上，如果我们两人只有一个座位，那么，请让座给我。儿子很吃惊，因为以前都是父母为他让座，这仿佛是天经地义的事情；后来，他慢慢懂得了要为老弱病残孕妇婴幼儿让座，可谁也没告诉过他要为父母让座。我说："孩子，你已经14岁了，已经快和妈妈一般高了，你身体健康精力充沛，而妈妈已人到中年，腰腿都不如从前了，之所以要在你生日之时提出这样的要求，是因为你出生那天就是妈妈一生中最辛苦的一天。"儿子眼里泛起了泪光，说："妈妈，我懂了。"

　　几天后，我和儿子路过一家大酒店，一个熟人正搂着她的宝贝儿子在众亲友簇拥下走出门来。见到我，她神采飞扬地说："儿子13岁生日，摆了十几桌。"我偷眼向儿子望去，只见他的脸上充满了羡慕。我问那男孩："知道妈妈的生日是几月几日吗？"那男孩发光的双眼顿时迷茫起来。我又问："等你长大了会为妈妈过生日吗？"那男孩越发迷惘了。熟人便哈哈大笑地拍着我的肩说："将来想指望他们？没门儿！等你老了走不动了，就进养老院，靠社会帮助吧！现在嘛，只是尽义务而已。"熟人说这话的时候依然神采飞扬，颇具大将风度。我心里"咯噔"一下，相比之下，我是否小气了一点？自私了一点？

　　那一拨儿人风风光光地走了，我小心翼翼地将目光转向儿子，出乎我意料的是，儿子原本羡慕的神态变得不屑起来。他说："等那个阿姨老得走不动了，她就不会说这样的话了。昨天还在电视里看到一个老太太为这事和她儿子打官司呢！"这回轮到我惊诧了：儿子真的长大了？

　　是啊，青年或中年时，我们可以很潇洒地谈论老年，可等到眼花耳聋步履蹒跚时，还能这么一副站着说话不腰痛的样子吗？进养老院、靠社会，不失为一个好主意，但将来负责养老院事务的不就是这一代孩子吗？支撑整个社会的中坚力量不也是这一代孩子吗？如果他们连自己的父母都不能善待，连自己的家庭责任都不能承担，又如何去善待别人的父母，如何去承担社会责任？这一代孩子，将来整个国家都要靠他们的，我们怎么能说自己老了不靠他们？从现在看，他们也许是最幸福的一代孩子，被百般娇宠着，只要求他们有好成绩，却忽略了他们还应有好品行、好心态，如此下去，未来家庭、社会的两副重担，他们怎么去挑啊？

　　公共汽车上终于有了一个空位，疲惫的我毫无反应，儿子习以为常地一屁股坐下，但随即触电般地跳了起来，说："妈妈,您坐。"我如梦初醒地坐下了。看来,我和儿子都没习惯这样的让座,但我们都会习惯的,就像我们终究要习惯让孩子去独闯天下一样。

　　孩子,我知道此刻你也很疲惫,但你就站着吧,你前面的路很长很坎坷,从现在起,你应该练练脚力了。

❋ 肖　芸

❀责任小语❀

　　我们总习惯安然地享受父母的爱,却忘却了父母也需要我们的照顾。爱是对等的,只有相互的关爱,才能造就温馨平和的世界,谨记这世间还有一种责任,叫做孝顺父母!　　(朱小华)

快乐是一种责任

> 以后的日子,尽管有时不太如人意,但她从没消沉过,因为她拥有了一颗健康而快乐的心。

　　在一次团队旅游中,我认识了一个名叫安宁的女孩子。

　　做导游的她,性格中明显地缺少了与她名字相符的清静与婉柔。她快乐得像只小鸟,笑起来会露出一对小虎牙,那模样恍若幸福的邻家小妹。

没想到,她已经 25 岁,竟然是在单亲家庭中长大的。

她说,她的父母都是老师,小小的家幸福得让人羡慕。可是在她 9 岁那年,父母的感情却出现了危机,原因是父亲又爱上了别的女子。不久,父亲竟置她与母亲于不顾而为情出走。家中少了父亲,仿佛整个世界都倒塌了。面对家中的变故以及同学们的疏远和耻笑,她难过得要死。她不愿和同学们待在一起,一向活泼开朗的她,变得胆小怕事、郁郁寡欢起来,学习成绩也一落千丈。

直到她上高三那年。

那天,母亲把她叫到床前,要她拿过书桌上的那本稿纸和半瓶墨水。

母亲不写字,只用颤抖的双手打开墨水瓶,将墨水一下子倒在了那本稿纸上。

雪白的纸顿时乌黑一片。

"看到了吗? 这就是墨水,它不仅弄脏了这张纸,还洇湿了其他纸!"母亲说着,把最上面的那页纸掀起,下面的那页纸果然也被染黑了。

"生活就像这本厚厚的稿纸,每个人都是它的一页。所有的痛苦和挫折就如同这墨水。当它侵入我们的生活时,那些不美好的心情已经开始在感染其他人。人与人之间就是这样,虽然每个个体都独自存在却相互依存,你的痛苦就是别人的痛苦,你的快乐也是别人的快乐。因此,让自己快乐起来,也是一种责任!"

母亲顿了顿,说:"从现在起,让我们都快乐起来,好吗? 就当你仅仅是为了母亲,我仅仅是为了女儿,好吗? "

母亲静静地望着她。此刻,她才猛然发现母亲已经老了,而她苍白的脸上密布的皱纹因她期待的浅笑,如菊展颜。

一刹那，她扑进母亲的怀中痛哭失声。

她终于又快乐起来，为生命中有了一种使命与责任。

以后的日子，尽管有时不太如人意，但她从没消沉过，因为她拥有了一颗健康而快乐的心。为此，她的周围阳光明媚。

她说："快乐真的是种责任，懂得了这些，生命中的那点痛又算得了什么呢？"

 米　纤

🌼 责任小语 🌼

生活就像一面镜子，你对着它笑，它就对着你笑；你对着它愁眉苦脸，它也不会给你好的脸色！把快乐当成责任，感染的不仅仅是你周围的人，随之洒满阳光的，还有你自己幸福的人生！

（朱小华）

灼 灼 父 爱

人活着不能像行云流水那样任意所至，想干什么就干什么，对得起自己的责任，无愧于心才是最重要的啊！

我小的时候，父亲总爱发脾气。他生气的时候，我和两个姐姐只敢呆呆地站在一旁，由着他一一数落。如果这时有人胆敢顶撞一句，父亲便会大发雷霆，甚至不惜扬起他骇人的大手。那时候，我不免偷偷地恨父亲。

随着年龄的增长，我开始渐渐理解父亲。他是一个农民的儿子，凭着个人的努力，考入师范学校，毕业后在镇上的学校里当老师。母亲并无收入，父亲仅凭一人之力负担着整个家庭的生计，而那是一个有三个孩子的家庭。在如此重负之下，父亲难免有时会发一通脾气。但他对我的爱却始终如一，同时这也是我一生最值得珍藏的。

清楚地记得那一次，我发高烧，烧得很厉害。迷迷糊糊中有人抱着我去看医生，那双手大而有力，我知道那一定是父亲的。在挂水的病床上，我听到父亲离去的脚步声，心中突然有一种说不出的恐慌。或许迷糊中的我更觉得，那时他的臂膀才是最坚实的依靠。不一会儿，父亲就回来了，手里拎着一袋东西，我清醒后才知道，那是一包火腿肠和我最爱吃的香蕉。尔后我不免有些奇怪，父亲怎么会想到买火腿肠呢？那时我对这东西并不熟悉。突然我想起，在一次酒席上，我见到这东西很好吃，便吃了不少，没想到这竟被父亲看在眼中，记在心里。我突然间发觉，看起来很粗犷的父亲竟如此细心。

高二的时候，我迷上了电脑。父亲也发觉我每月用钱明显增多，当他问我钱用在何处的时候我也支支吾吾，答不出个所以然来。

终于，一次我正陶醉在网络世界中，突然发觉有人拍我的臂膀，我转过头来，正和父亲的目光撞了个满怀，我被吓得三魂荡荡，七魄悠悠，心中暗暗叫苦。父亲那灼灼的目光烤了我好一会儿，我低下头正看到他那微微颤动的双手，似乎也在全力抑制住打我的冲动。然而他转过身走了出去，我低着头紧跟着他走出网吧。

回到宿舍，只有我和父亲。他用近乎平静的口吻对我说："虎子，做好一个人是很不容易的啊！我几十年辛苦工作赚钱养家，那是对家庭的责任，我每天都要求自己上好每一节课，那是对学生乃至社会的责任。人活着不能像行云流水那样任意所至，想干什么就干什么，对得起自己的责任，无愧于心才是最重要的啊！你都大了，别的也不用多说。"

我抬起头来，目光却猛然触到了他那微白的鬓发，我的心震了一下，我意识到一个我不愿接受的事实——父亲已不再年轻了，我怎么可以如此伤他的心，我是他唯一的儿子，是他一生的延续啊！

父亲走后我思绪万千，似乎一下子读懂了父亲，读懂了那份沉甸甸的责任。我走出宿舍，却发现父亲仍站在门外，手中多了一袋火腿肠和香蕉。刹那间，一股热泪漫出我的眼眶……

在剩下的那个不眠之夜里，我想到了自己的责任——那就是去证明自己是值得被爱的。

父亲回去了，但那火腿肠，那香蕉，那灼灼的父爱却在我脑中幻成光影，伴随年少的轻狂，伴随着岁月的流光直到永远……

❀ 李志敏

🌹责任小语🌹

任何人都不是一个单独的个体，可能是父母的子女、老师的学生，也可能是弟妹的兄姐……每个人都尽心扮演好自己的角色，承担应有的责任，社会这个大舞台才能有和谐的舞曲。证明自己值得被爱，其实也就是站好自己的位置，不辜负所有人的期待！

（朱小华）

一把钥匙的责任

我不禁恼羞成怒，不由自主地高高扬起了我的手，就在要抽到他脸上的一瞬间，只见儿子像一只斗红眼的公鸡，毫不退缩，反而愤怒地瞪着我……

中午我在组织班级学生放学时，看见儿子急匆匆地跑过来，老远就冲着我大声叫喊："我的钥匙呢？"

当时正是全校集中整队放学的时间，虽然很吵闹，但我依然清晰地听到了儿子极不礼貌的喊叫声，看到了他涨得通红、异常愤怒的脸！我没有答理他。他转身便又向二楼的教室跑去。

等我将学生送出学校大门，折回来寻找儿子时，只有儿子一个人躲在教室里，使劲用身体抵住教室门，大声地哭泣着！

"怎么回事？把门打开！"我一边询问，一边用力推门，可没推开。

儿子听到我的声音，把门抵得更紧，哭声也更大了："是你把我的钥匙弄丢了！"

"什么？什么钥匙被我弄丢了？快把门打开说清楚！"我使劲才把门推开，儿子一个趔趄，"是你把我的钥匙弄丢的！"他再次肯定并且大声地吼叫着。

"你说什么？钥匙？到底是怎么回事？"我连续问了三遍，他只是不停地哭泣，并且一口咬定是我弄丢了他的钥匙，没有一点想做解释的意思。我不禁恼羞成怒，不由自主地高高扬起了我的手，就在要抽到他脸的一瞬间，只见儿子像一只斗红眼的公鸡，毫不退缩，反而愤怒地瞪着我……就在那一瞬间，我的心猛地一震：儿子从来都是顺着我的，今天到底怎么了？真有什么委屈吗？扬起的手僵住了，我也垂头丧气地坐在一张学生课桌上。

就这样僵持着。一分钟、两分钟……同时，我的思想也在作激烈的斗争：曾经看过的一则小故事里，一个男孩捧着书本，表面看起来在学习，实际上他很久都没有翻动一页。很明显，男孩呆坐在那里出神、发愣，男孩的父亲想过用一记耳光粗暴地解决问题，可理智告诉他：这是对孩子进行更深一层教育的绝好时机。于是父亲蹲下来，耐心地和他交谈，以朋友对话的方式，循循善诱，不仅问出缘由，帮他解决了问题所在，而且引领他走向健康、成功之路……

我决定放下做家长的权威。于是走到儿子身旁，将他轻轻拥在怀里，轻声细语地说："来，儿子！告诉妈妈关于'钥匙'的故事，好吗？"

儿子见我的态度缓和了许多，一边抽泣着，一边断断续续地讲述了"一把钥匙"的故事：

开学初，他们班的同学积极筹备，自发地组建了班级"图书角"。为了同学们的书籍不受损失，更为了方便同学们自由阅读，老师和同学们一致推选他当图书管理员，并且郑重其事地把唯一一把钥匙交给了他，当他拿到钥匙第一次准备履行职责时便出现了以上不该发生的一幕。

"老师和同学们再也不会相信我了！"末了他还不忘自责。

"没关系的，我觉得老师和同学都没有选错你！"听到这句话，儿子仰起头，半信半疑地看着我。"真的！妈妈不骗你！钥匙不见了，你这么着急，这么委屈，说明你是一个认真负责的好孩子,只是在某一个环节出了点差错,你还没有学会正确处理。好了,让我们回家好好找找吧。也许钥匙根本就没丢!"

回到家,儿子忙不迭地把门打开,看见乖乖躺在桌子上的钥匙,他一把抓起来,如获至宝似的兴奋地又叫又跳:"妈妈,钥匙在这儿!"原来是儿子晚上洗漱时从脖子上取下来随手一放,第二天早上上学忘记收拾了……我趁机把儿子拉到身边,语重心长地对他说:"这钥匙交给你,这是老师和同学们对你的信任;你接受了这把钥匙,你就应该承担一份责任!钥匙不见了,你很着急,说明你是一个负责的孩子,但遇事要冷静,要先检讨自己,不能把责任往别人身上推!况且,做什么事情都要养成一种好的习惯!"

听了我的话,儿子不好意思地低下头,轻声对我说:"妈妈,对不起!我知道今后该怎么做了!"

从那以后,儿子不仅把班级的图书角管理得井井有条,而且在家里也将自己的日常事务打理得井然有序。

一把钥匙,让儿子改变了许多。我在暗自庆幸的同时也在暗暗思忖:做父母的也有责任用平和的心态、良好的教育方法帮助孩子健康成长,在孩子幼小的心灵里播下责任的种子。

❀ 喻长玲

🌸 责任小语 🌸

如果说,母亲的责任是用平和的心态和良好的教育方法帮助孩子健康成长,那么,孩子的责任就是用好的习惯成就自己的绚烂人生。每个人都有一把属于自己的钥匙,只有用责任来润滑,才能开启那道成功的门!

(朱小华)

一朵悲哀的花

坚持,也是一种责任,它意味着你要为自己的选择负责!

　　海拉蒂今年四岁半了,在萨尔马多城上幼儿园,最近她在学习有关植物方面的知识。海拉蒂迷上了植物,她觉得那些花草实在是太美了,便苦苦地哀求爸爸给她买一盆鲜花。

　　爸爸同意了海拉蒂的请求,趁周末带着海拉蒂到花卉市场买了一盆小花。父亲希望海拉蒂看到小花生长的整个过程,并且能够自己照顾它。于是,父亲和海拉蒂约定,由海拉蒂负责照顾鲜花,给它浇水和施肥。

　　最初几天,海拉蒂非常兴奋,每天耐心地给小花浇水,还根据日照的情况,不断给花盆挪动位置,并拿出本子,歪歪扭扭地在上面画出花卉生长的情况。

　　海拉蒂的父亲看到小海拉蒂这么有责任心,十分满意。可是,没过多久,海拉蒂的父亲发现小海拉蒂给花浇水的次数越来越少了,甚至好多天都不给小花浇水,也不做记录,似乎她已把养花的事给忘了。结果,小花慢慢枯萎,叶子也开始泛黄,生长的速度减慢了,再过几天,小花就会死去。

　　吃过晚饭,海拉蒂的父亲把海拉蒂叫到阳台,说:"你给花浇水了吗?"

海拉蒂低着头说:"没有。"

"为什么没有？"

"我……"

"我们在买这盆花的时候,是怎么说的？由谁负责给这盆花浇水？"

海拉蒂沉默不语。

"你看,这盆花多么的伤心、悲哀！它失去了美丽的叶子变得枯黄,而这都是因为你。"

以后的日子里,海拉蒂每天坚持给花浇水,小花不久又恢复了以往漂亮的颜色。

责任小语

四岁半的海拉蒂通过一朵花的枯荣,明白了自己对花负有的责任。在自己人生的花园中,如果不勤于耕耘,勤于浇灌,再肥沃的土地也长不出明艳的花朵！坚持,也是一种责任,它意味着你要为自己的选择负责！

(朱小华)

一种难忘的味道

陈一冰说，让父母能够过得舒适一些，这是做儿子的义不容辞的责任。

2008年的那个端午节，我正好在天坛公寓门口停留，猛然间看到陈一冰拎着一辆自行车出来了。

"哟，一冰，你这是干吗去啊？"我问他。

"我爸爸妈妈来了，让他们帮我把自行车带回去……"陈一冰回答道。

因为天津距离北京不远，儿子不能常回家，所以陈一冰的爸爸妈妈来北京看望儿子的次数还是比较多的。因为陈一冰喜欢吃天津的早点，他们想给儿子带去他最想吃的东西。"我们每次去北京都是早上去。"陈爸爸说，口气中带着对儿子的疼爱，"而且每次都给他带去天津的早点，他就喜欢吃那口儿。虽然到了北京就热乎不了了，但是天暖和的时候，带过去的还是温的，全凉了我们就用水给他烫烫，感觉也是热乎的……"

到底是什么东西让陈一冰这么留恋呢？说起来还真是很简单。

"其实也没什么，就是豆浆、豆腐脑、炸糕这些……"陈妈妈说，"这些东西北京肯定也有，但是北京的和天津的口味肯定不一样，一冰就爱吃天津的那个味儿，我们就帮他弄呗……"

陈一冰的父母下岗在家后，母亲帮着别人卖东西，父亲在业余轮滑队当教练，从小家境并不宽裕的陈一冰深知家庭责任的沉重。除了平时的零花钱，陈一冰几乎把自己所有的工资、训练津贴和比赛奖金都寄回家里，以补贴家用。他说，自己最大的愿望就是给父母买个大房子，因为现在家里的房子只有 30 平方米。让父母能够过得舒适一些，这是做儿子的义不容辞的责任。

责任小语

父母的言传身教是最好的教育，他们在生活中的每一件小事都潜移默化地影响着我们。我们有理由相信：一对对家庭负责的父母，定能教育出谨记家庭责任的子女。对父母的孝顺、对子女的牵系、对家的留恋，是我们一辈子应该负起的温馨责任！　（朱小华）

母亲给了他天空

每一个人的成长，都需要老师，母亲就是每个人的第一位老师。

孩子很不幸，他的父母感情不和，父亲是一个商人，而母亲却是一个书香门第的大家闺秀。可怜的他在出生后不久，父母就分居了,然后他跟着母亲生活。小小的年纪,他体会不到家庭不幸的痛苦,整天无忧无虑,又聪明又活泼,母亲对此非常欣慰。母亲非常爱他,并对他抱有很高的期望。母亲希望他成为一个有才学的人,于是亲自教他读拉丁文,启发和鼓励他写诗。她知道,仅仅靠自己教育孩子是远远不够的。想要孩子成才,必须给他找一个好老师。

于是,母亲开始四处打听好老师。孩子的舅舅是一位诗人和小说家,和当时的大文豪福楼拜曾是好朋友。由于这层关系,这位母亲也和福楼拜比较熟。有一天,她忽然想到,如果让福楼拜来做孩子的老师,那该有多好啊!那样,孩子也可以成为像他一样的大文豪。可是,他哪能轻易就给一个普通的孩子做老师呢?母亲决定尽自己最大的努力,让福楼拜做孩子的老师。于是,她开始加紧对孩子的学习指导,培养他对文学更深的热爱。因为她知道,爱好也是一位好老师。除此之外,她还不失时机地鼓励孩子多写东西,她知道只有多写才能有进步。而孩子一旦写了,她就会细心地保存下来,哪怕有时只是一些散乱的片段。因为她希望有朝一日能够拿给福楼拜看看,得到他的指点。孩子看到母亲如此认真地对待自己的草稿,不好意思再写一些敷衍了事的诗歌或文章了,那样实在是太丢脸,太对不起母亲了!因此,他常常独自在房间里苦苦思索,或者去海边散步寻找灵感,或者读一些大作家的作品来充实自己。就这样,他的进步越来越大,写出的东西也越来越好。

这位母亲为了让孩子的东西得到福楼拜的赏识,于是她为孩子找了一位叫布耶的老师。布耶也是当地一位有名的人物,并且,他和福楼拜也是好朋友。这位母亲让布耶做老师,就是希望布耶能够向福楼拜推荐自己的孩子。布耶当然知道这位母亲的苦心,并为之非常感动。再加上孩子勤奋好学,他也很喜欢这个孩子,于是决定帮助他们。

有一次,布耶正好要去拜访福楼拜,想到孩子母亲的心愿,于是就带上了孩子一起去。临行前,这位母亲把孩子的作品挑选出一些让他们带上,希望可以得到大师的指点。到了福楼拜家以后,孩子献上自己的作品,福楼拜很认真地看了这些诗作,和他们一起分析,而且还提出了自己宝贵的意见。最后,在布耶的帮助下,福楼拜还爽快地答应收孩子做自己的学生。

那天,孩子欢快地跑回家,兴奋地告诉了母亲这个好消息。母亲一边在胸前划着十字,一边忍不住流下了激动的眼泪。她的心愿终于实现了!

后来,在福楼拜的严格要求和精心指导之下,孩子成功地走上了文学之路,并且成为一代大文豪。这个孩子就是莫泊桑,19世纪后半期法国优秀的批判现实主义作家,他一生创作了6部长篇小说和356篇以上中短篇小说,他的文学成就以短篇小说最为突出,被誉为"短篇小说之王",对后世产生了极大的影响。

每一个人的成长,都需要老师,母亲就是每个人的第一位老师。一个母亲,能够造就一个孩子,也能够毁掉一个孩子。如果莫泊桑的母亲因为自己不幸,就对孩子不理不睬,甚至拿孩子来出气,孩子长大以后,难保不是一个坏蛋。而她却关心孩子,关注孩子的成长,为了孩子的将来,她尽到了一位母亲最大的责任,用尽了自己的苦心。最终,她实现了自己的心愿,也让孩子有了一个美好的明天。莫泊桑能够在文学里展翅高飞,是母亲给了他一个飞翔的天空。

❋ 凤　凰

责任小语

　　其实,不只莫泊桑有着这样伟大的母亲,我们每个人都有一份属于自己的特殊的母爱。因为有责任为子女寻求更好的天空,母亲收获了自己的充实人生;因为有责任不辜负这份沉甸甸的母爱,我们更收获了属于自己的成功!

（朱小华）

父亲的责任

与电影卖座,票房飘红相比,李连杰的举动也许会赢得人们更广泛的认可。因为电影有国界,而爱没有国界。

　　正像获得奥斯卡奖是每个导演的梦想一样,到好莱坞演戏也是每个演员的梦想。那时,他是香港乃至亚洲电影界赫赫有名的功夫皇帝,有拍不完的片子。可在这一切如鱼得水的时候,他选择了从零开始,到好莱坞继续自己的梦。他就是李连杰。

　　在好莱坞这样一个人才济济、卧虎藏龙的地方,作为亚洲的一线演员,李连杰竟然经历了第一次试镜,过着趴在马桶上背单词的生活。虽然他拍摄了多部卖座的影片,但是在好莱坞,谁也不敢懈怠,因为谁也不知道下一部影片会怎么样,是票房惨淡还是飘红。

2004年，李连杰拍摄了一部充满暴力元素的影片《狼犬丹尼》。在这部电影中李连杰颠覆了自己的形象，扮演了一个戴着项圈像狗一样生活的杀人机器。这部电影在美国属于限制级，17岁以上的孩子是可以独立看的，17岁以下需要父母带着看。有一个母亲，发电子邮件给李连杰说："我的孩子太喜欢你了，他每天都闹着要我带他去看你的电影，我真不知道怎么办了，你能不能告诉我怎么办？"

身为这部电影的监制、主演，李连杰当然希望自己的电影能够卖座，可以直接回复那位母亲，带着孩子去看好了。但是李连杰做出了一个常人难以理解的举动，他在自己的个人网站上发了这样一个帖子："不要带你的孩子看这部电影，等他长大成人的时候再看，将来我也会拍一些适合他们看的电影。"

电影发行在即，却说17岁以下的孩子都不要看这部电影，这不是搬起石头砸自己的脚吗？怪不得20世纪FOX公司发行总监说："你疯了吗？"面对全球上百家媒体的疑问，李连杰说："我也是一个父亲，我只是在尽一个父亲的责任。"

说得多好啊，一个父亲的责任。与电影卖座，票房飘红相比，李连杰的举动也许会赢得人们更广泛的认可。因为电影有国界，而爱没有国界。

李连杰告诉大家的是一个父亲的责任，因为有责任，所以我们需要努力。努力工作，努力挣钱。可很多时候我们给予孩子的只是物质上的满足，而缺失了对孩子怎样做人的教育。让孩子远离暴力、血腥、阴暗，给他们更多的善良、美好和阳光，这是每一个父亲的责任。

责任小语

　　"责任"真是一个温馨的词汇，它意味着良知与道德。李连杰宁愿放弃大幅的票房收入，来尽到一个父亲的责任，这样做使他赢得了全世界人民的尊重！所以，坚守你的责任吧，让他人的生命充满真诚的阳光时，你也会获得那份温暖的幸福。

（朱小华）

第**2**辑

责任中的细微体验

一位德国商人发现他每次去大阪时，
车上的座位总在右窗口，返回东京时又总在左窗边。
商人很好奇询问售票员其中的缘故。
售票员笑答道："车去大阪时，富士山在您右边，
返回东京时，富士山已到了您的左边。
我想外国人都喜欢富士山的壮丽景色，
所以我替您买了最合适的车票。"
德国经理听了之后，立即决定在日本投资。
他觉得日本人对细节都这么认真负责，很值得信赖。
人生是一个履行责任的过程，
当你把自己应做的事情做得更细致、更负责一点，
常常会有一些意想不到的收获。

地毯下的灰尘

米妮自言自语地说："要不今天我就不打扫地毯下面的灰尘了。反正那里就算是有灰尘，也没人看得见的！"

很久以前，有一位妈妈跟两个小女儿生活在一起。由于丈夫死得早，只剩下她跟孩子们相依为命，为了赚点儿钱让两个孩子吃好，穿好，她经常要到外面去找活干。让她感到欣慰的是，她的两个小女儿都很体谅她，她们把家务活都包了下来。当妈妈不在家的时候，她们就会把家里收拾得干干净净、整整齐齐的。

两姐妹中，妹妹腿脚不大方便，不能在屋子里跑来跑去，因此她通常都是坐在椅子上做针线活。而姐姐米妮则负责洗碗、扫地和收拾屋子。

她们的家在一大片森林边上，因此，姐妹俩每天做完家务活，就会坐在窗前，静静地欣赏森林里的景色。

春天，鸟儿们在树林里唱歌，夏天，五颜六色的野花竞相盛开，秋天，树上的叶子渐渐变红了；而到了冬天，鹅毛大雪又将这片树林装点得分外美丽。从春到夏，从秋到冬，这片树林给两个小女孩带来了无穷的欢乐。

但是有一天，她们亲爱的妈妈生病了，姐妹俩难过极了。

冬天到了，家里有许多东西需要去买，可是现在妈妈病了，她们上哪儿去弄钱来买这些东西呢？米妮和妹妹坐在火堆边商量了半天，最后，米妮说："亲爱的妹妹，我一定得出去找点儿活干，要不然，咱们就要揭不开锅了。"说完，她吻别了妈妈和妹妹，穿上外套，出门去了。

她们家门口有一条小道一直通往森林深处，米妮决定顺着这条路一直走下去，看看能不能找到什么活干。

走着，走着，天渐渐黑了下来。这时，她突然发现前方有一所小房子。她心里高兴极了，赶紧走上前去敲门。

可是无论她怎么敲门，都没有人来给她开门。她想也许这是一所空房子吧。她想在这里先住一个晚上，明天再出去找工作，于是她就自己推开门走了进去。

但是她刚刚踏进那所房子就吃惊地站住了。因为她发现屋子里摆着十二张小床。床上的被子乱糟糟的；屋子中央有一张积满了灰尘的桌子，桌子上摆着十二只脏兮兮的小盘子；地板上的灰尘足足有一寸多厚，看来已经好久没有人打扫过了。

小姑娘决定把这所房子好好地收拾一下。

她将盘子洗得干干净净，将床上的被子叠好，将地板擦得一尘不染，将壁炉前的大地毯卷了起来，把藏在地毯下面的灰尘扫干净，她还将十二把小椅子在壁炉前摆成了漂亮的弧形。她刚做完这一切，屋门就开了，十二个小人走了进来。他们一个个长得可奇怪了，米妮以前从未见过这等模样的人呢。他们只有木工的尺子那么高，每个人都穿着黄色的衣服。米妮心想：他们一定就是传说中的在山中看守金子的小矮人吧。

"哇！"小矮人们被眼前的情景惊呆了。他们看见自己脏乱的屋子变得如此干净整洁，一个个睁大了眼睛说："这难道不是一个惊喜吗？这一切难道都是真的吗？"

这时，他们发现了米妮，惊讶地说："这是谁呀？这么漂亮，这么勤快？帮我们收拾屋子的原来是一个陌生的女孩。"

米妮走上前去跟这所房子的主人们打招呼。"你们好，"她说，"我叫米妮·格雷，我的妈妈病了，所以我出来找活干。天黑时我来到了这里，我……"小矮人们不等她说完，就大笑起来，他们快乐地说："你发现我们的房间又乱又脏，但是你把它收拾得又干净又明亮。"

这是一群多么可爱、多么有趣的小人啊！他们先向米妮表示感谢，然后，他们从橱柜里取出白白的面包和甜甜的蜂蜜，邀请米妮和他们共进晚餐。

吃晚餐的时候他们告诉米妮，他们的女管家休假去了，所以他们的屋子才会那么的脏乱。说到这里，他们一齐叹了口气。

吃完晚餐，米妮坚持要去帮他们洗碗。他们赞许地看着这个勤快的姑娘，用一种只有他们自己才懂的语言商量了起来。当米妮将最后一只盘子放进橱柜之后，他们把米妮叫到身边说："亲爱的小姑娘，你愿不愿意在我们的女管家不在时一直待在这里？如果你能认认真真地为我们收拾屋子，我们一定会用我们的方式报答你。"

米妮高兴极了，因为她很喜欢这些和善的小矮人，也很想帮助他们。于是她答应留下来帮他们收拾屋子。那天晚上，她做了好多好多的美梦。

第二天早晨公鸡刚叫，她就起床了。她给小矮人们做了一顿丰盛的早餐。等小矮人们出去之后，她把屋子打扫得干干净净，还把他们的破衣服也补好了。晚上当小矮人们回来时，他们发现米妮已经生好了火，做好了饭等他们了。就这样，米妮每天都认认真真地为小矮人们做家务活。

时间一天天地过去了。这一天是米妮在小矮人家里的最后一天了，他们的女管家就要休完假回来了。这天早晨，米妮将小矮人们送走之后，她在玻璃窗上发现了一幅非常美丽的图画。那是一座仙人们住的宫殿，漂亮极了。米妮从未见过这么漂亮的房子，她不禁看呆了。她就这样呆呆地看着，全然忘了自己还有活儿要干呢。直到挂在壁炉上方的时钟敲了十二下，她才回过神来。

她匆匆忙忙地将床铺好，把被子叠好，把碗洗了，但是由于她刚才浪费了太多的时间，她已经来不及做完所有的家务活了。当她拿起扫帚准备扫地时，小矮人们已经走在回家的路上了。

米妮自言自语地说："要不今天我就不打扫地毯下面的灰尘了。反正那里就算是有灰尘，也没人看得见的！"于是她放下扫帚，做晚饭去了。

过了一会儿，小矮人们回来了。屋子里的一切看上去跟往常一模一样，小矮人们没有多说什么，米妮也没有把那件事情放在心上。吃完饭，小矮人们都上床睡觉去了，米妮洗完碗，也躺在了床上。可是，她却怎么也睡不着。她觉得窗外的星星都在看着她。她仿佛听见那些星星在对她说："这是一个多么勤快、多么诚实的小女孩啊！"

米妮红了脸，她觉得很难为情，于是她转过身去，脸朝着墙壁躺着。可是她听见心里有个声音在说："地毯下面有灰尘！地毯下面有灰尘！"

"这个小姑娘可勤快了，她收拾的屋子像星光一样明亮呢。"星星们说。

"地毯下面有灰尘！地毯下面有灰尘！"米妮心里的那个声音继续喊着。

"我们看见她了！我们看见她了！"星星们快乐地喊道。

"地毯下面有灰尘！地毯下面有灰尘！"米妮心里的那个声音继续喊着。米妮再也无法忍受了。她从床上跳了下来，拿起扫帚，卷起地毯，把地板上的灰尘打扫干净了。哇！你猜怎么着？灰尘下面居然躺着十二块闪闪发光的金币！它们是那么的圆，那么的亮。

"噢，噢，噢！"米妮惊讶地叫了起来。所有的小矮人都跑过来看发生了什么事情。

米妮向他们讲述了一切。等她讲完，小矮人们将她围在中间，欢快地唱道：

亲爱的米妮，这些金子是你应得的报偿，
因为你果真是一个做事认真的小姑娘。
但是如果你不打扫地毯下面的灰尘，
我们只会给你一枚银币打发你走人。
这些金子代表了我们对你的谢意。
在你今后的人生旅途中，请别忘记，
一定要认认真真做好每一件小事，
只有那样，快乐才能永远伴随着你。

米妮感动得热泪盈眶，再三向小矮人们表示感谢。第二天一大早，她就带着金币回家了。她用这些金币给亲爱的妈妈和小妹妹买了好多好多的东西。

她后来再也没有见过那些可爱的小矮人，但是她牢记着他们的话，总是认认真真地做好每一件事情，而且她打扫屋子时，也总是记得要打扫地毯下面的灰尘。

林德赛

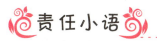

生活中有太多这样的例子，做同样一件事情，质量总有优劣；在同样一个班学习，成绩总有差别。在我们埋怨这个那个的时候，别忘了决定你得到金币还是银币的关键，在于你自己是否认真细致地完成了每一个步骤！

（于露东）

请对你的垃圾负责

对一个社会的责任感往往见于微小的细节，你对一袋垃圾负责，就是对别人负责，也就是对一个和谐的社会负责。

最初到加州的时候，我在沙加缅度 28 号街的一个小区租了一套房子，确切地说是一栋楼里的一个套间。

对于我的到来，房东汉瑟太太显然十分高兴。因为很久没有人居住，房间里堆满了零碎陈旧的东西，她一边讲述着这些老东西的来历，一边指示我将它们搬放到储藏室或者摆放在什么位置。

窗台上有一排花瓶，汉瑟太太告诉我说，这些花瓶都是汉瑟先生亲手在工厂烧制并送给她的，在底部还刻有他俩的名字。我惊讶于他们的浪漫，于是将一个大花瓶倒过来看，希望能看到久远的爱情的印记。可花瓶刚倒过来，便有一个东西掉落下来，接着是一阵粉碎的声音。天哪！原来花瓶里还装着另一个小花瓶！一阵沉静，脚下已是狼藉的碎片。我慌忙道歉，汉瑟太太摇头笑说："没关系，只是不小心而已。"

我拿了扫帚把碎片扫进垃圾袋里，接着继续整理房间。看收拾得差不多了，天也快黑了，汉瑟太太就回去准备晚饭，留我一个人打扫卫生。

大约一个小时之后，我清理完毕，将垃圾都装进一个大大的垃圾袋里，放在门口，我知道改天会有工人将它们提走。

累了一天，我疲倦地瘫坐在沙发上。刚想休息一会儿，门铃忽然响了起来，拉门一看，是汉瑟太太。她四下看了看房间，满意地点了点头。忽然，她问我："花瓶呢？那个摔碎的花瓶！"我指着外面的大垃圾袋说："在垃圾袋里！"

"噢，你怎么可以放在垃圾袋里呢？那里全是垃圾啊！"

我晕，心想是不是哪里又惹老太太不高兴了？是啊，那可是他们爱情的信物，虽然碎了，但与垃圾放在一起，也好像不大合适吧。我无言以对，汉瑟太太焦灼地对我说："孩子，你必须把那花瓶的碎片重新找出来。"

我心里泛起一股无奈，但只好照办。终究是寄人篱下身不由己啊！

我将垃圾袋里所有的东西都倒了出来。汉瑟太太拿了一个厚实的袋子，将花瓶碎片一点点拾进袋子里。我心里想：老太太不会想珍藏起来吧？

拾干净之后，汉瑟太太把袋口封住，然后从怀里抽出一支笔，在袋口的空白上写了一行字：有锋利的碎片，请小心！别伤手！祝你好运！娜丽·汉瑟。

汉瑟太太立起身满脸微笑地说："孩子，这样就可以了。我们得为我们的垃圾负责,如果伤了别人的手多不好啊!"

我忽然醒悟过来,心中顿时涌起一股巨大的感动与敬意,为她那种深沉而细腻的社会责任感。

对一个社会的责任感往往见于微小的细节,你对一袋垃圾负责,就是对别人负责,也就是对一个和谐的社会负责。

✱ 张　翔

🌺责任小语🌺

　　你也许有在院子里踢球砸碎人家窗户玻璃的时候,有往楼下倒水淋湿路人的经历,甚至,也发生乱丢玻璃碴刺伤别人手脚的意外。如果我们都像汉瑟太太一样,遇事先想想会不会对别人造成伤害,多一分细致、多一份社会责任感,社会会更加和谐与美好!

(于露东)

不因事小而不为

"一屋不扫,何以扫天下。"一个人有没有责任感,并不仅仅体现在大是大非面前,而是更多体现于小事当中。

1965 年,我在西雅图景岭学校图书馆担任管理员。一天,有同事推荐一个四年级学生来图书馆帮忙,并说这个孩子聪颖好学。

不久，一个瘦小的男孩来了，我先给他讲了图书分类法，然后让他把已归还图书馆却放错了位置的图书放回原处。

小男孩问："像是当侦探吗？"我回答："那当然。"接着，男孩不遗余力地在书架的迷宫中穿来插去。小休时，他已找出了三本放错地方的图书。

第二天他来得更早，而且更不遗余力。干完一天的活后，他正式请求我让他担任图书管理员。又过了两个星期，他突然邀请我上他家做客。吃晚餐时，孩子母亲告诉我他们要搬家了，搬到附近一个住宅区。孩子听说要转校担心地说："我走了谁来整理那些站错队的书呢？"

之后，我一直记挂着他。但没过多久，他又在我的图书馆门口出现了，并欣喜地告诉我，那边的图书馆不让学生干，妈妈又把他转回我们这边来上学，由他爸爸用车接送。"如果爸爸不带我，我就走路来。"

其实，我当时心里便已经有数，这小家伙决心如此坚定，内心充满责任感，则天下无不可为之事。不过，我可没想到他会成为信息时代的天才、微软公司巨头、美国首富——比尔·盖茨。

这是卡菲瑞先生回忆起比尔·盖茨小时候写下的文字。从中我们看出，许多伟大或杰出人物身上，总有优于常人之处。比尔·盖茨对待图书馆工作这样的小事，就已经表现出一种超乎同龄人的责任感，难怪他能在信息时代叱咤风云。

"一屋不扫，何以扫天下。"一个人有没有责任感，并不仅仅体现在大是大非面前，而是更多体现于小事当中。一个连小事都不能负责任的人，又怎能在大事面前担当重任呢？

恰科年轻的时候，到一家很有名的银行去求职。他找到董事长，请求被雇用，然而没说几句话就被拒绝了。当他沮丧地走出董事长办公室宽敞的大门时，发现大门前的地面上有一个图钉。他弯腰把图钉拾了起来，以免图钉伤害别人。

第二天，恰科出乎意料地接到银行录用的通知书。原来，就在他弯腰拾图钉的时候，被董事长看到了。董事长见微知著，认为如此精细小心、不因善小而不为的人，必定是个有责任心而能担当重任的人，这样的人十分适合在银行工作，于是录用了他。

果然不出所料，恰科在银行里样样工作都干得非常出色。后来，他成为法国的银行大王。

责任小语

并不是伟大人物小时候便有异乎常人的禀赋，只是从小开始，他们便牢记自己的责任，把每一件小事都做得尽善尽美。正是这一件件做到尽美的小事累积，才成就了他们后来的伟业。

（于露东）

我的加拿大房东劳伦斯

劳伦斯的较真儿其实并不是一种单纯的"刻板"，而是一种对人生负责的态度。

我在加拿大渥太华时，租住在劳伦斯家里。之所以选择这里，是因为偌大一套房子，只有劳伦斯一个人住，而且租金相对低廉。

第一次见面，劳伦斯让我很吃惊。年近七旬的老人居然仍能保持身材挺拔、精神矍铄，并不像想象中那般老气横秋。他满面笑容地伸出一双有力的大手，热情地在门口迎接我："欢迎你，年轻人，希望我们能成为朋友！"他先领我到早已为我收拾好的卧室放下行李，然后带我把整栋房子里里外外参观了一遍，并不厌其烦地向我介绍水龙头该怎样开关、抽油烟机该怎样使用、家里哪个地方如果不小心就有可能摔跤等许多事项。他神情专注，我不好拒绝，只得机械地跟着他。

忙乎了半个多小时后，我们才坐在沙发上休息休息。因为刚才劳伦斯告诉我的一切，连小孩儿都知道，所以我忍不住问他那样做的理由。劳伦斯回答说，他当然知道这些我都明白，但他必须有言在先，这是他的职责。假如他没有事先和我打招呼，万一我在他家摔了一跤，他是要负法律责任的。我笑着说："就算真有什么意外，我也不会去告你呀！"劳伦斯的神色立即变得严肃起来："我们不能因为没人起诉而置法律条规于不顾！"

此后，每天早上8时，劳伦斯都会准时收拾屋子。天天如此，雷打不动。平时我外出居多，倒也无大碍，可到了周末，想睡会儿懒觉都不成。我不止一次地对他说，我的房间自己整理，用不着他亲自操劳。他对我的话却"置若罔闻"，依然我行我素。每到周末，他必会在早上8时来敲我的门，虽然声响很小，但如若我不开门，他会一直敲下去，他说这是他的工作，否则，儿子会扣他工钱的。我这才知道他是帮儿子看房子，并且会得到酬劳。后来，我和他解释了我迟迟不开门并且婉拒他收拾我房间的原因是他打搅了我的休息，没想到，他却反过来一脸迷茫地驳斥："应该说是你影响到了我的正常工作，因为我要做清洁时你还没起床，严格上讲，这是对人的一种不尊重！更何况，你一来我就向你讲明了我每天的工作日程，并且得到了你的当面认同……"唉，面对这样一个倔老头，我实在无话可说。

然而，观念的不同，年龄的差异并没有影响我和劳伦斯的交往。我从内心开始喜欢他是我到渥太华一个月以后。一天我外出办事，辗转中不慎坐错了公交车，当我发现时，车已经开出了老远。我正准备往回赶时，突然发现钱包不见了。打车返回住处是一笔很大的开销，情急之下，我决定向劳伦斯求助试试看。没想到，劳伦斯一口答应下来："就在原地别动，耐心等我来！"

足足过了一个多钟头，劳伦斯才急匆匆地从一辆公交车上走下来。见到我后，他一个劲地表示歉意，说自己年纪大了，不能亲自开车，只好坐公交车赶来。明明是我给他找麻烦，他却向我道歉。听他这样一说，我更为感动了。一想到他年事已高，为了帮助我这个外国房客而一路颠簸了那么长时间，我心里很是过意不去。这件事使我和劳伦斯的关系更近了一步。

偶尔，我不外出时，也会在家中自己动手做一些中国菜。有一天，我强烈要求他与我共进午餐，他却说什么也不同意。原来，在国外请客是要事先邀请的，被邀请者要穿正规的礼服并准备礼物。可我和劳伦斯同居一室啊，难道也需要这么麻烦？瞧瞧这个劳伦斯，真是一根筋！

接触的时间久了，我渐渐品味出，劳伦斯的较真儿其实并不是一种单纯的"刻板"，而是一种对人生负责的态度。嘱咐我注意生活琐事，体现了他高度的防患和自律意识；每天准时收拾房间，是对工作恪尽职守；婉拒我的盛情款待，则是一种深入骨髓的礼貌。这种"刻板"或者并不现代，但却是文明的一种存在方式。这种文明，值得借鉴。

❋ 黑 潇

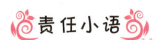

对结果负责

她知道结果是最关键的，在结果没出来之前，她是不会休息的——这是她的职责！

格里·富斯特讲了一个简单的故事，从这个故事中，你也许能对责任感的强弱作出比较清晰的分辨。

作为一个公众演说家，富斯特发现自己成功的最重要一点是让顾客及时见到他本人和他的材料。

事实上，这件事情如此重要，以至于富斯特管理公司有一个人的专职工作就是让他本人和他的材料及时到达顾客那里。

"最近，我安排了一次去多伦多的演讲。飞机在芝加哥停下来之后，我往公司办公室打电话以确定一切都已安排妥当。我走到电话机旁，一种似曾相识的感觉浮现在脑海中。"

"8 年前，同样是去多伦多参加一个由我担任主讲人的会议，同样是在芝加哥，我给办公室里负责材料的琳达打电话，问演讲的材料是否已经到多伦多，她回答说：'别着急，我在 6 天前已经把东西送出去了。''他们收到了吗？'我问。'我是让联邦快递送的，他们保证两天后到达。'"

从这段话中可以看出，琳达觉得自己是负责任的。获得了正确的信息（地址、日期、联系人、材料的数量和类型），也许还选择了适当的货柜，亲自包装了盒子以便保护材料，并及早提交了给联邦快递，为意外情况留下了时间。

但是，她没有负责到底，直到有确定的结果。

富斯特继续讲他的故事：

"那是 8 年前的事情了。随着 8 年前的记忆重新浮现，我的心里有些忐忑不安，担心这次再出意外，我拨通了助手艾米的电话，说：'我的材料到了吗？'"

"'到了，艾丽西亚 3 天前就拿到了。'她说，'但我给她打电话时，她告诉我听众有可能会比原来预计的多 400 人。不过别着急，她把多出来的也准备好了。事实上，她对具体会多出多少也没有清楚的预计，因为允许有些人临时到场再登记入场，这样我怕 400 份不够，保险起见寄了 600 份。还有，她问我你是否需要在演讲开始前让听众手上有资料。我告诉她你通常是这样的，但这次是一个新的演讲，所以我也不能确定。这样，她决定在演讲前提前发资料，除非你明确告诉她不这样做。我有她的电话，如果你还有别的要求，今天晚上可以找到她。'"

艾米的一番话，让富斯特彻底放下心来。

艾米对结果负责，因为她知道结果是最关键的，在结果没出来之前，她是不会休息的——这是她的职责！

奇特的美国挂号信

看着这封来自大洋彼岸的信,我服了,人家是这样对待与老百姓切身利益相关的事情!

前天收到一封寄自美国佛罗里达州迈阿密市规划设计院的挂号信。

迈阿密市是佛罗里达州最南端的一个中等城市,人口约26万,其纬度与我国广东省的汕头市差不多,是美国唯一的热带城市。我很奇怪,我并没有亲朋在迈阿密市,对其规划设计院更是连听都没听过。于是让邮递员退信。邮递员摇头说:"收件人的地址与姓名都清楚,准确无误,不具备退信条件;假设你坚决不收,我们就可以按拒收程序办理。"

他说得有道理,我就抱着试试看的心情,打开了那封信。

信是用中文写的，大意如下：

裴重生先生：首先感谢你积极关心我们的道路绿化建设。

你在《意见书》中提出，希望我们在路边多种乔木以让行人遮阳避暑，还推荐了紫荆、龙眼、白玉兰、芒果四种树。你的看法有较高的科学性，愿望也是良好的，我们很赞赏。的确，乔木在保护水土，改善环境方面，效率比草地高。我们的道路绿化，现初步决定以乔木为主，间种灌木，每隔200米换种一种乔木、一种灌木，以充分利用空间与有效限制病虫害。

对你所推荐的四种树，我们做了研究，认为龙眼树可以种，但是紫荆、白玉兰、芒果不可种。我们的理由是：

一、紫荆的花虽然很美丽，但它的树叶新陈代谢太快，它天天都在长新叶落旧叶，落叶量很大，这会增加清洁工人的劳动量。

二、白玉兰的花虽然很芳香，但它长高后可达十多米，木质不够坚韧，遭遇大风，它的树枝很容易被折断，会危害行车与行人。

三、芒果树挂果，的确可给人丰硕兴旺的美感，但是它成熟后掉落时会砸伤行人，掉落在地的还会让行人踩到时滑倒。

如果你对我们的初步决定有不同意见，希望来信讨论。

读到这里，我才恍然大悟——那是去年夏天，我与在佛罗里达州读书的表兄到迈阿密市游玩，在路边休息时收到当地市政人员派送的一个礼品袋，里边有一支美女牙膏，是赠品，还有一封《征询意见信》，他们计划从迈阿密市新开一条公路到佛里思镇，全长三万余米，特向当地居民与过往行人就公路两边的绿化建设征询意见。信里附有《意见表》与一个信封。当时，我拿起笔就感到力不从心，因为英文太差。我想不理它，但看着那支美女牙膏，心想受人之惠，应该尽力回报，于是便用中文写上了自己的意见。记得表兄当时曾说：你用中文填写，人家怎么看？别白费心机了。我说他们怎么看是他们的事，反正我按我的心愿来写。

我万万没想到，迈阿密市规划设计院的人员不但认真研究了我的意见，而且还通过我留在意见表上我表兄的电话，问到了我在中国广州的住址，漂洋过海，把回信寄到了我手上。

看着这封来自大洋彼岸的信，我服了，人家是这样对待与老百姓切身利益相关的事情！

❀ 裴重生

🌸 责任小语 🌸

其实，这封挂号信一点也不奇特，它只是政府重视民众意见的一个缩影，体现了政府的社会责任感。重视每一个人的意见，充分尊重每位公民的合理建议，是一个政府应该具备的责任与襟怀。同样，我们也应从小就养成负责、重视他人的好习惯。

（于露东）

责任中的细微体验

一个人一旦有了责任感，那它将会串起一个人的自信、勇敢、智慧和其他优秀的品质，它就像一块最牢固的基石，奠定一个人一生的忠诚和坦荡。

　　那一天，我到一个私立学校去参观。这是一个国际学校，每个月，仅学费就是 1000 多美元。

　　早上刚到的时候，正好碰到孩子们做游戏，我们参观的是一个 3 岁到 6 岁的幼班，老师发给每个孩子 10 根游戏棒，让他们从中以最快的速度选择 7 根，于是所有的孩子都"哗哗——"地开始忙碌起来。很快就有几个孩子举手了，他们数完了 3 根就举手了。

　　关于"能力培养"的课程开始了，于是孩子们开始对自己所感兴趣的事情进行学习，有绘画的，有拼图的，也有玩泥巴的，或者是跟着老师学英语、做算术的。突然，有个小女孩儿被小凳子绊倒了，狠狠地摔了下去，大声地哭了起来。在这个教室里有两个主管老师，他们都没有放下自己手上的活儿立马奔过去，只是注视着她，然后大声地说："安妮——亲爱的宝贝，你一定摔疼了。以后你得记住，走路的时候一定要看清前面，否则就要摔跤。你应该到旁边去休息一下，把眼泪擦干，然后回到你的位置上。"那个小女孩儿哭了一会儿，也就不哭了，一个人慢慢地走回自己的座位，一边拿着餐巾纸擦眼泪，一边揉自己的小腿，旁边的小朋友全都安之若素。又过了一会儿，那个小女孩儿也好像忘了这件事，又和小朋友们又笑又闹，玩成一团了。这里的美国老师说，这是对一个孩子"责任"的最起码的培养，他们发现在中国，小孩一旦摔倒，身旁的父母亲或者爷爷、奶奶、外公、外婆，一定是一个箭步冲上去，把孩子紧紧抱起。倘若孩子是被一个小凳子绊倒了，做家长的就会佯装非常愤怒的样子，在这个小凳上狠狠地拍几下，装模作样地说："是这个小凳子不好，害得宝宝摔了一跤。"那些老师告诉我们，这本来是一件极小的事，却牵涉对一个孩子"责任感"的培养。他们说，倘若那个小板凳会说话的话，它一定会觉得非常委屈，因为这根本不是它的错，而是你撞上了它。中国的家长对孩子的宠爱中，几乎忘却了孩子在很小的时候，他得到的启示是：如果我因为某件事受到了伤害，即使是我的错，我也可以把它推卸到另外一个更弱的东西身上，因为板凳不会说话。他们之所以不去搀扶那些跌倒的孩子，是为了让他们明白，如果因为自己的疏忽或不小心而受到伤害，那就是自己的责任，要受到相应的惩罚，比如说——疼痛，这是教会他们从生活的细枝末节中体验什么叫责任。

等到吃午饭的时间，那些孩子表现出出奇的安静。每天的菜肴搭配都是由校方专门聘请的营养师制定的，很有可能不合学生的口味。但是学校规定，不能按照个人的喜好决定你的饭菜，必须服从统一安排。我们看到的是那些才四五岁的孩子，细嚼慢咽地对付盘中的每一道菜，当碰到他们不喜欢的东西时，最多只是皱皱眉头，也坚持吃下去。尽管家长提供给校方的伙食费高得惊人，但没有一个孩子可以随心所欲。校方规定不可以剩饭菜，倘若中午有调皮的孩子不肯吃完，到了晚上，当别的孩子都在吃新鲜的饭菜时，他必须继续吃中午剩下的那一份。那些孩子的回答更是让我们感动：这是学校教给我们的责任，我们不可以违背它。

在阶梯教室里，有一整面墙，乍看起来和别的墙几乎没有任何分别，但是这是一块加了特殊涂料的墙，可以任由孩子们在上面画画，只要用水和肥皂就能将墙清洗干净。于是孩子们白天都爱趴在这面墙上，用水彩画任何他们喜欢的图案。晚上清洗墙面的工作是大家轮流干的活儿，通常是每一天由两个小朋友来完成。让人称赞的是，由于没有限定小朋友绘画的最终时间，所以常常有那些特别有兴趣或者特别调皮的孩子，在临睡前还想到要在墙上画几笔。可是从建校以来，没有哪一天的早上会发现墙面上会留有昨日的图画，也就是说，当日值班的小朋友无论多晚，或者多么辛苦，都一定会把墙面洗得干干净净。这些才几岁的孩子把这件工作看得很重，他们把它视作自己的责任，学校里的任何一个孩子都已养成这样的习惯，绝对不会有丝毫的懈怠。

"责任"两字几乎贯穿了这个学校的教育，那些在学校任职的教师不仅有非常丰富的教学经验，更重要的是他们爱孩子，是一种强烈的爱。只有爱孩子，才会想到在点点滴滴之处，给他们最大的帮助，他们说，"责任感"对一个人，尤其对一个孩子而言，是最重要的。一个人一旦有了责任感，明白了这一品质对人的重要性，那它将会串起一个人的自信、勇敢、智慧和其他优秀的品质，它就像一块最牢固的基石，奠定一个人一生的忠诚和坦荡。他们把它作为学校一条最重要的教育指导，将来从这个学校出去的人，未必都是杰出的人才，但是他们起码是一个有社会责任感、有良好品质的人，这是学校所看重的。

❀ 董懿娜

"责任"并不是一个罕见的词汇,它总是蕴藏在生活的每一件小事中。责任感形成的过程,就如沙石在蚌壳里历练的过程,每一次疼痛都是一次升华,每一次疼痛后都会有所收获。经历了这些磨砺,你会发现责任感就如那颗璀璨的珍珠,光耀了你的人生。

(于露东)

最好的帮助

> 在关爱与信赖的前提下,让我们所爱的人不要失去自我负责的功能,才是对他们最好的帮助。

　　静瑜是一个热心的社工。某一年,她负责帮助6位曾受过暴力伤害的小朋友,让他们不再自闭,重新恢复交朋友、接触人群的能力。

　　在她觉得时机已经成熟的时候,她决定办一个烤肉大会,邀请社区里某个教会团体的小朋友联欢。

　　本以为自己已经跟小朋友们"说"好了,这30位小客人都是很友善、很有礼貌的,他们也要尽到主人待客的责任,但当30位小朋友"冲"进来的时候,这6位小主人还是躲在房子的角落,像一群受了惊吓的小鸡。

不管静瑜怎么劝,这6只颤抖的"小鸡"还是没有办法主动和别人交谈。

她灵机一动,想到一个办法:"以前都是我弄东西给你们吃,现在老师也累了,希望能够吃几片烤肉,有没有人愿意烤给我吃呢?"

这6位小朋友竟然马上答应了,很迅速地开始烤肉给老师吃,接着又烤给其他的社工叔叔阿姨们吃。做上了瘾之后,他们很自然地与所有的小客人分工合作,在完全没有被勉强的情况下,其乐融融地开始交起朋友来。

静瑜没有想到,一个小小的请求,竟然可以达到这么好的效果。

平日里,都是她在担任给予者的角色,也感受到了"施比受更有福"。但让她惊讶的是,一直受帮助的小朋友,从给予中才会得到真正的自信。

每个人都希望成为一个有用的人,而不是一个永远受到帮助的人。

我也曾在报纸上读到一个温馨的小消息:有个老师一改传统,让班上每个小朋友都有机会当"长",反而让大家感情更好、成绩更进步,也更喜欢到学校上课了。

如果学生很懂事,就让他当"董事长"。

如果他负责关锁教室门窗,就是"所长"。

愿意倒垃圾,就是"社长"。

只要能够赢过自己,就是"营长"。

这种论功行赏的方式很新颖,也很让人感动。

荣誉感不必从恶性竞争中获得,担负小小的责任就能得到。

这也让我思考到:有时,我们过度热心地扛起所有责任,反而让自己所爱的人失去功能。扛起所有责任，时间长了就累了、疲了，不想再做那么多，却会让失能的人反过来责怪我们："为什么你变了"或"原来你以前都是骗我的"。

在关爱与信赖的前提下，让我们所爱的人不要失去自我负责的功能，才是对他们最好的帮助。

责任小语

"责任"真是一个奇妙的东西，如果你把它当做一种负担，不情不愿地扛着它，你会发现它越扛越重，终至将你压垮；如果把它当做一种荣誉，兴高采烈地扛起它，你会发现不知不觉中自己已变得更加强大。用巧妙的方式，使人高兴地扛起属于自己的责任，这是对人最大的帮助！

（于露东）

人生是一个履行责任的过程

驾车的德国青年马上"吱"的一声,来了个急刹车,然后下车去拾起香蕉皮塞到一个废纸袋里,放进车中,并对他说:"这样别人会滑倒的!"

一个旅德华侨,曾讲过他的一次亲身感受:

他刚到汉堡时,跟几个德国青年驾车到郊外游玩。他在车里吃香焦,看车窗外没有人,就顺手将香蕉皮丢了出去。驾车的德国青年马上"吱"的一声,来了个急刹车,然后下车去拾起香蕉皮塞到一个废纸袋里,放进车中,并对他说:"这样别人会滑倒的!"

没有人看见,没有人监督,完全是出于一种责任。

1944 年冬季,盟军完成了对德国的合围,法西斯败亡在即。德国百姓的生活陷入困境,食物短缺,燃料匮乏。由于德国处于中欧,冬季非常寒冷,缺燃料可能导致许多居民冻死,不得已,各地市政府只得让居民上山砍树。

德国人是这样砍树的——据战前留学德国,而被困在那里的国学大师季羡林回忆:

林业人员先在茫茫林海中搜寻,寻找老弱树或劣质树,找到则在上面画一个红圈。"砍伐没有红圈的树,要受到处罚。"问题是,谁来执行处罚?当时德国行政管理已经名存实亡,公务员尽数抽到前方去了,市内找不到警察,全国已经处于政权的真空。但直到战争结束,全德国竟没有发生一起居民乱砍滥伐的事,他们全部真实地执行了规定。事隔五十多年后,季老回忆起这件事,仍然无限感慨:德国人"具备了无政府主义的条件却没有无政府主义的现象"。他曾经问过一些普通的德国人,他们为什么能这样自觉,回答很简单,都一样:责任,一个公民的责任。

"二战"时,美国一个空军大队长,他的机组在一次与日本战机的战斗中机毁人亡,他驾驶的战机也已千疮百孔,同时他已身负重伤。但是一种神奇的责任意识让他将一摇三摆的战机安全降落在后方机场,而且他走下了飞机,按照军人的所有纪律要求,在向地面指挥官履行了必要的礼仪程序后,才慢慢倒下。在场的医务人员发现他实际上在两小时前已经死了。那么是什么力量让他"虽死犹生"呢?是责任,强烈的责任意识!

明代清官刘大夏说得好:"人生盖棺论定,一日未尝死,即一日忧责未已。"从某种意义上说,人的一生其实就是一个履行责任的过程。

❋ 关 邑

🌹责任小语🌹

让百姓在无政府管理的情况下保持自觉的,是公民的责任;使空军大队长驾驶千疮百孔的战机返回后方机场的,是士兵的责任! 人生是一个履行责任的过程,每个人都承担着与自己的社会角色相对应的责任,履行得好,为自己的人生写下的是精彩;履行得不好,留下的便是永不能更改的遗憾!

(于露东)

城 市 细 节

"帮助别人，其实就是帮助我们自己"，这是一个浅显的道理，却有很多人不够明白。

一次乘车上班途中，看见几个民工坐在马路中央，顶着毒辣的太阳，用钎、锤、铲等工具清除地面的斑马线。原先我以为斑马线是涂料画的，应该很容易清除，而这些民工却对其大动干戈，出乎我的意料。

还有一次，我在市中心大街购物，忽然内急，需找一个方便处。连问了好几个店铺掌柜，均摇头说附近无公厕，只有进大商场找。那时，巷内一个民工模样的人好心地告诉我：沿此巷向前30米，左拐，即有公厕，且不收费。

最近，我所在的部门接到一个民工来信，他警告说：他在清洁某座大厦时，发现墙体多处出现细微裂缝，且延伸很长，甚为恐怖，疑为豆腐渣工程，希望速去人检查看看。

昨天下午，我与朋友们逛街时，迎面走来一个扛着被子的民工，满脸迷惑的样子，拦住我问：省图书馆在哪儿？我告诉他：沿此街向前，到第二个十字路口往右拐，再走一站路上天桥，往南边走一会儿就到了。他听糊涂了，不好意思地央求：能否带个路？我爽快答应。朋友们在一旁甚为不满。

半小时后，我完成任务归来，找到朋友们，他们笑我学雷锋没找对时机。我说：不是这个问题。在这个城市里，我们对吃喝玩乐的地方了如指掌，而对构成城市的某些细节可能一辈子都不清楚，因为有民工们承担着了解这些细节的任务，他们烦琐而辛苦的劳动维持了他们自己和我们的基本生存。我们有责任帮助他们，其实就是帮助我们自己，根本够不上学雷锋。

❋ 张小石

🌺责任小语🌺

"帮助别人，其实就是帮助我们自己"，这是一个浅显的道理，却有很多人不够明白。帮别人植下一棵树，会回报你一份绿荫；帮别人解决一个难题，会获得一次提升；帮别人做点好事，至少会使你拥有一份明朗的心情。如果我们人人都多付出一点，自己也会收获更多！

（于露东）

只有你才能对自己负责

有人做过统计,近 20 年来,在全球 500 强中,
从美国西点军校毕业出来的董事长有一千多名,
副董事长有两千多名,总经理或董事这一级的也有五千多名。
为什么不是商学院培养了企业领导人,
而是西点军校呢?
进一步的研究发现,在这些成功人士的身上,
有着一个共同点,那就是对自己都有着深深的责任感。
高度的责任心促使他们要求自己精益求精,
不断超越,也让他们比别人更容易获得成功。
人生的道路没有谁可以代替你来走,
只有你才能对自己负责。
幸福与成功不是依靠别人的给予,
而是要凭借自己的力量去创造。

西点第一课

在西点，人人都是领导者，即便是个"庶民"，你也至少领导着一个人——你自己。因此你必须为那天所做的事负责。

刚进军校不久，西点就给我上了一课，对我日后的领导生涯起到了至关重要的作用。军校的学生都是预备军官，因此学年之间等级非常分明，一年级新生被称为"庶民"，在学校里地位最低，平时基本上是学长们的杂役和跑腿儿。不过，我没什么好抱怨的，一年级结束后我就可以做学长，再然后我会成为一名军官。

当然，"幽灵行动"也为我们"庶民"提供了一个向学长发泄不满的途径。所谓"幽灵行动"其实就是学生团体之间以幽灵为名义，搞恶作剧捉弄对方的活动。比如，在操练的时候把当指挥官的学长强行抬走。恶作剧一般发生在"陆军海军文化交流周"。西点和海军军校之间即将进行的橄榄球赛，也让学员们热血沸腾。

就在比赛的前一天晚上，三年级的学长怀特中士邀请我跟他共同完成一个"幽灵行动"。能被高年级学生接受，我觉得很荣幸，立刻答应下来。晚上11点半，我在宵禁之后溜出寝室，怀特和他的同伴正等在走廊里，行动的目标是一个来访的海军军校学员，我们要把他的宿舍搞得一团糟。我有些犹豫："这样是不是太过分了？"怀特和其他学长都说："别担心，我们领头，出了事也跟你没关系。"

大家悄悄摸到"敌人"的宿舍楼，按事先安排的位置站好。怀特中士用唇语数道："一……二……三！"说时迟，那时快，我和一个二年级军官猛地推开房门，冲到床头，把两大桶大约5加仑冰冷的橙汁浇到熟睡的学员身上，然后迅速跑出门外。同时另外两个人向房间里投掷了数枚炸弹（扎破的剃须水罐），顿时到处都是白色的泡沫。最后怀特把散发臭气的牛奶泼进屋里。任务圆满完成了，众人麻利地跑下楼梯，在楼门口跟负责放哨的队员会合，然后分成几组撤离。

回到房间，我躺在床上努力让激动的心平静下来。接下来还有一个轻松愉快的周末，我已经安排好跟同伴去新泽西玩。然而凌晨3点钟时，有人敲响了我的房门。原来被捉弄的军官向西点安全部投诉，我们的酸牛奶和剃须水毁掉了他书桌上昂贵的电子仪器，床边的旅行箱也未能幸免。

在训导员办公室里，怀特中士竭力为我开脱："是我命令他那么做的，我愿意承担一切责任。"但是训导员不这么认为，她罚我们在早饭前把海军军官的寝室变回原样，把弄脏的衣服洗干净。这还不算，训导员宣布接下来的几个周末，我们都不能休假，而要在校园里受罚。"这太不公平了，我只不过服从了学长的命令，他应该对我的行为负责。"教官显然看出了我的不满，训练结束时，他问我："对这件事，你觉得自己没有责任吗？"

"首先主意不是我出的，行动也不是我领导的，而且我开始也反对过，但作为'庶民'，我能管得了谁呀！"教官盯着我的眼睛，一字一句地说："在西点，人人都是领导者，即便是个'庶民'，你也至少领导着一个人——你自己。因此你必须为那天所做的事负责。"直到今天，那位教官的话仍然在我耳边回荡。那是西点给我上的第一课：想做一个成功的领导者，你必须先学会领导自己。

❋ ［美］格里·奥斯汀

🌹 责任小语 🌹

学会领导自己，只有你才是自己生命的主宰！人生就如一场考试，随时会面临各种选择，老师可以教给你解题的方法，却不会告诉你最后的答案，选 A 还是选 B，全由你自己决断。 （章 杰）

用心做，就为时不晚

每天你都要欢笑；学会发现生活中的幽默；你要有自己的梦想，如果失去了梦想，你就已经死了。

在我上大学的第一天，我们的心理学教授给我们布置了一项富有挑战性的作业，让我们去了解一个我们以前从不认识的人。下课后，我漫无目的地走在校园内，向四周张望着，在我毫无头绪时一双手温柔地拍了拍我的肩。

我转过身,看到一个个子娇小、满脸皱纹的老妇人,微笑着看着我,她那发自内心的微笑使得她整个人看上去神采奕奕,散发出悦人的光芒。

她说:"嘿,漂亮的小伙子。我叫 Rose(玫瑰),我 80 岁了,你能拥抱我吗?"我大笑起来,然后给了她一个热情的回答:"当然,只要你愿意!"随后,她给了我一个夸张的拥抱。

"为什么在这样的一个年纪,你还要来上大学?"我笑着问她。她风趣地回答:"我到这里来,是想遇见一个富有的丈夫,和他结婚,然后生一双儿女,最后在退休后去旅行。"

"哦,请严肃些。"我望着她,我很好奇是什么使得她在这样的年纪还要来接受这样的挑战。

"我一直梦想自己能够接受大学教育,现在我的梦想终于实现了!"她笑着对我说。

在课后我们一起走到学生会大楼,共同分享了一个巧克力味道的奶昔。我们在瞬间就成了好朋友。在接下来的三个月里,每天我们都会一起离开教室,然后在一块儿说个不停。

当她与我分享她的智慧和人生经验时,我总是像被催眠一般,入神地聆听着。

在这一年里,Rose 成了校园里的一个偶像,不管她走到哪里,都能交到很多的朋友。我知道她的身体并不是很好,但她总是慈祥地笑着,而且打扮得很漂亮,并且对自己能够吸引别的学生的注意力感到得意扬扬。每天她都过得十分的快乐。

在学期结束的时候,我们邀请 Rose 参加我们的足球晚宴,并要她给我们讲几句话。在那天,她所教给我们的,永远留在了我的脑海里。她先作了自我介绍,然后慢慢地走上主席台。当她在为她的演讲作准备时,她手中的五张卡片有三张掉在地上。有点狼狈，还有一点点困窘，她稍倾着身子，对着麦克风简单地说："对不起，我非常的激动！我和你们一样，喝的是威士忌，而不是啤酒，所以我会这样的兴奋！但我可从没打算放弃我的演讲，我想把我所知道的一切都告诉你们！"

我们都笑起来。她清清嗓子，继续说："我不能停下来，因为我老了；一旦我停下来，我会老得更快。保持年轻，拥有快乐，获得成功有三个秘诀：每天你都要欢笑；学会发现生活中的幽默；你要有自己的梦想，如果失去了梦想，你就已经死了。但是，在我们周围有许多人，甚至在他们死去时也没有懂得这个道理！"

Rose 顿了一下，接着说道："成为老人和长大成年，它们是这样的截然不同。如果你只有 20 岁，假如你一整年都躺在床上，而且不做一件有意义的事，你会是 21 岁。如果像我这样的 80 岁，我整整一年都躺在床上，我就会变成 81 岁。这两个数字是有着很大差别的，也许在你 21 岁时你觉得你还有大把的时间可以挥霍，当你到 81 岁时你绝不会这么想了。任何人都会变老，它无关天资和能力。

"但是人生成长的意义，就是在改变中不断地找到机会。

"不要为自己的生命留下遗憾。上了年纪的人通常不会对所做过的事有任何遗憾，但是更准确地说，他们会为没有做过某些事情感到遗憾。而害怕死亡的人，都是心有遗憾的人。"

她用一首充满了鼓舞力量的歌——《玫瑰》结束了她的演讲，就像她的名字一样散发着一种独有的香气。她让我们每个人都跟着她演唱，还要我们记住在日常生活中身体力行。

两年以后，Rose 得到了她多年以来梦寐以求的大学学位。在毕业后的一年，她平静地在睡眠中去世了。

两千多学生参加了她的葬礼，向这位精彩的老妇人表示他们的敬意,她用亲身的体验告诉我们每一个人,当你想做一件事时,请用心去做,什么时候都不会为时过晚。

Rose 让我们明白:成长、变老是无能为力的,但是成长的过程,却是可以选择的。

❀ [美]普里西拉·波特

🌸 责任小语 🌸

我们总习惯于说"迟了",错过了上学的时间,干脆不去了;错过了学画的时间,干脆不学了;错过了交作业的时间,干脆不交了,日积月累,便垒成碌碌无为、一事无成的人生……对自己负责,就是永远都不说"迟了"。从现在开始,从确定梦想的那一刻开始,用心去做,就为时不晚!

(章 杰)

征服世界,先学会自制

爸爸,我再也不抽烟了,我一定要当个有出息的运动员。

约翰尼·卡特早有一个梦想——当一名歌手。参军后,他买到了自己有生以来的第一把吉他。他开始自学弹吉他,并练习唱歌,他甚至自己创作了一些歌曲。服役期满后,他开始努力工作以实现当一名歌手的夙愿,可他没能马上成功。没人请他唱歌,就连电台唱片音乐节目广播员的职位也没能得到。他只得靠挨家挨户推销各种生活用品维持生计,不过他还是坚持练唱。他组织了一个小型的歌唱小组,在各个教堂、小镇上巡回演出,为歌迷们演唱。最后,他灌制的一张唱片奠定了他音乐工作的基础。他吸引了两万名以上的歌迷,金钱、荣誉、在全国电视屏幕上露面——所有这一切都属于他了。他对自己坚信不疑,这使他获得了成功。

然而,卡特又接着经受了第二次考验。经过几年的巡回演出,他被那些狂热的歌迷拖垮了,晚上须服安眠药才能入睡,而且还要吃些"兴奋剂"来维持第二天的精神状态。他开始沾染上一些恶习——酗酒、服用催眠镇静药和刺激兴奋性药物。他的恶习日渐严重,以致对自己失去了控制能力,他不是出现在舞台上而是更多地出现在监狱里。到了 1967 年,他每天须吃 100 多片药片。

一天早晨,当他从佐治亚州的一所监狱刑满出狱时,一位行政司法长官对他说:"约翰尼·卡特,我今天要把你的钱和麻醉药都还给你,因为你比别人更明白你能充分自由地选择自己想干的事。看,这就是你的钱和药片,你现在就把这些药片扔掉吧,否则,你就去麻醉自己,毁灭自己,你选择吧!"

卡特选择了生活。他又一次对自己的能力作了肯定,深信自己能再次成功。他回到纳什维利,并找到他的私人医生。医生不太相信他,认为他很难改掉吃麻醉药的坏毛病,医生告诉他:"戒毒瘾比找上帝还难。"

卡特并没有被医生的话所吓倒,他知道"上帝"就在他心中,他决心"找到上帝",尽管这在别人看来几乎不可能。他开始了他的第二次奋斗。他把自己锁在卧室闭门不出,一心一意就是要根绝毒瘾，为此他忍受了巨大的痛苦。后来在回忆这段往事时，他说，他总是昏昏沉沉，好像身体里有许多玻璃球在膨胀，突然一声暴响，只觉得全身布满了玻璃碎片。当时摆在他面前的，一边是麻醉药的引诱，另一边是他奋斗目标的召唤，结果他的信念占了上风。9个星期以后，他又恢复到原来的样子了，睡觉不再做噩梦。他努力实现自己的计划。几个月后，他重返舞台，再次引吭高歌。他不停息地奋斗，终于又一次成为超级歌星。

和卡特的经历有些相仿的是，球王贝利也曾经和不良的习惯斗争过。被人们称为"黑珍珠"的巴西足球运动员贝利，自幼酷爱足球运动，并很早就显示出他超人的才华。

有一次，小贝利参加了一场激烈的足球赛，累得喘不过气来。

休息时，贝利向小伙伴要了一支烟。他得意地吸起烟，嘴里吐出一缕缕淡淡的烟雾。小贝利有点儿陶醉了，似乎刚才极度的疲劳也烟消云散了。

这一切，全被父亲看到了，父亲的眉头皱得非常紧。

晚上，父亲坐在椅子上问贝利："你今天抽烟了？"

"抽了。"小贝利意识到自己做错了事，红着脸，低下了头，准备接受父亲的训斥。

但是，父亲并没有发火。他从椅子上站起来，在屋里来来回回走了好半天，才平静地对贝利说："孩子，你踢球有几分天资，也许将来会有出息。可惜，你现在要抽烟了，抽烟，会损坏身体，使你在比赛时发挥不出应有的水平。"

小贝利的头更低了。父亲又语重心长地接着说："作为父亲，我有责任教育你向好的方面努力，也有责任制止你的不良行为。但是，是向好的方向努力，还是向坏的方向滑去，作决定的是你自己。我只想问问你，你是愿意抽烟呢，还是愿意做个有出息的运动员呢？孩子，你该懂事了，自己选择吧！"说着，父亲还从口袋里掏出一沓钞票，递给贝利，并说道："如果你不愿意做个有出息的运动员，执意要抽烟的话，这点钱就作为你抽烟的钱吧！"父亲说完便走了出去。

小贝利望着父亲远去的背影，仔细回味着父亲那深沉而又恳切的话语，不由得哭了。他哭得好难过，过了好一阵子，才止住哭声。小贝利猛然醒悟了，他拿起桌上的钞票还给了父亲，并坚决地说："爸爸，我再也不抽烟了，我一定要当个有出息的运动员。"

从此以后，贝利不但与烟绝缘，还刻苦训练，球艺飞速提高。15岁参加桑拖斯职业足球队，16岁进入巴西国家队，并为巴西队永久占有"女神杯"立下奇功。

🌹 责任小语

诱惑，是成功路上的试金石，它以各式姿态出现：有时是使人飘然欲仙的毒品；有时是让人彻底放松的烟草；有时是好伙伴的玩耍集合令……它存在的目的只有一个——试探你是不是真金。成功者懂得自制，对自己的生命负责，执著于自己的目标；失败者掉落诱惑的陷阱，换来一段荒唐的堕落人生！

（章 杰）

百分之百负责

如果你想取得成功,取得真正的成功,你必须停止抱怨和责备,对自己的成绩和失误负全责。

1969 年,我博士毕业后,有幸为克里门特·斯通工作。斯通先生是位白手起家的亿万富翁。20 世纪 60 年代,他的资产就已经达 6 亿美元。斯通先生深谙成功之道,创办了《成功》杂志,并与内波林·赫尔共同撰写了畅销书《积极的成功》。

上班的第三天,我迟到了,偏偏赶上斯通先生巡视。我解释说迟到是因为交通堵塞,班车误点了。斯通先生没有发火,只是问我是否对自己的一生百分之百负责。多么奇怪的问题呀!我一时不知如何回答,随口说:"我想是这样的。"

"不要告诉我模棱两可的答案,年轻人,你对自己百分之百负责吗?是或否?"斯通先生严肃地说。

"我猜,嗯,我不确定。"

"你是否埋怨过别人?是否抱怨过时运?"

"嗯……的确有过这样的时候。"我局促不安地回答。

"好的,这么说,你对自己的人生并没有百分之百负责。百分之百负责意味着你承认发生在你身上的一切——无论好坏——都是你自己创造的,你所经历的事是由你的行为引起的。"我觉得这个论调太古怪了:"难道交通不畅也是我一手造成的?"

"但如果你早出发，你就不会迟到，"斯通先生接着说，"杰克，如果你想取得成功，取得真正的成功，你必须停止抱怨和责备，对自己的成绩和失误负全责。只有当你意识到你此时此刻的状态是自己造成的，你才能重新创造未来的状态，才能在任何一个阶段随心所欲地改造自己的人生。你懂了吗？"

　　"懂了，先生。我会对自己百分之百负责。"三十多年来，我从未食言。

❋ ［美］杰克·卡菲尔德

🌹责任小语🌹

　　昨天的行动，决定今天的状态；今天的状态，影响明天的成就。对自己百分之百地负责，承认发生在你身上的一切失误都是自己造成的，你才会更加审慎地对待自己的人生，争取每一天都达到更好的状态，以期赢来一个美好的明天！

（章　杰）

个人所承载的含义

一个砍柴的农民，他竟敢毫不脸红地把自己作为一个国家的代表，他竟敢毫不脸红地把自己作为一个民族的象征！

　　一片晨曦，一条小河，一道木桥，一支苏联红军部队千里奔袭，追击德寇来到这里。两个红军指挥员骑着战马立在桥头，共同展开一张巨大的军事地图，一寸一寸地用心查看。

这里究竟是什么地方？

河对岸的森林里，走出来一个扛着长柄斧头的樵夫，越来越近了，一直走到桥头的另一端，停下来。

指挥员问他："你是谁，这里是哪儿？"

樵夫反问："你们是谁？来这儿做什么？"

"我们是苏联红军，大校凯苏里、上校斯捷潘，我们在追击敌人。"

樵夫答道："哦，我是波兰公民涅里克，"他半转身，手向后一挥，"先生们，请进入波兰。"

一个情景出现了：漫山遍野的苏联红军全体立正，向樵夫敬礼。

一个灾难深重的国家，不到二百年中三次被列强瓜分，又三次复国；一个灾难深重的民族，二战期间几乎被法西斯灭绝种族，眼前这个衣衫破旧、困苦不堪的人无疑是战争铁蹄下九死一生的幸存者。可是，他心无余悸，镇定依然。在上万荷枪实弹的红军战士面前，这个普通的老百姓无疑是微不足道的。微不足道的人张开宽阔的臂膀说：先生们，请进入波兰！一个砍柴的农民，他竟敢毫不脸红地把自己作为一个国家的代表，他竟敢毫不脸红地把自己作为一个民族的象征！你看，你听，他的手势多么从容！他的口气骄傲到何种程度！他挥手说这句话的时候，波兰已经再次被法西斯德国吞并，版图意义上的波兰并不存在。

天下兴亡，匹夫有责。这话听得有些年头了，很多时候很多场合听了就会下意识地鼓掌，而且每每出于某种目的——为了向旁边的人证明什么吧。拍得生疼，拍得麻木……作为本民族的一分子，我常常心虚地质问，自己除了拍巴掌还肯做些什么？

为此更加由衷地感激这个小故事，它让我明白了我心深处还残留着些许真挚的情感，还没完全丧失感动的本能。

　　更深一层意义的感动，是那些向波兰敬礼的红军官兵，正像一个高尚的人永远懂得感恩一样，一个伟大的民族他们懂得尊重。

❧ 责任小语 ❧

　　从一个普通的国民身上，可以折射一个国家的精神风貌；从一个普通的学生身上，可以折射一个学校的教育风格。每个人都承载着集体，影响着集体，都肩负着使集体更加强大的责任。想让你所在的集体变得更好，请先让你自己做得更好！

（章　杰）

有人看到你了

有良知和责任感的人，有人和无人的时候保持一致；没有良知和责任感的人，总趁无人的场合满足自己的私欲。

　　正值丰收时节，一个心术不正的人，打算悄悄跑到邻居家的麦田中偷麦子。"如果我从每块田中偷一点儿，谁也不会察觉到。"他心想，但是如果是这样的话，加起来数目可就非常可观了。于是在一个伸手不见五指的夜晚，他带着女儿偷偷离开了家。

　　到了邻居家的麦田里后，他压低声音说道："孩子，你得给我站岗,如果有人来就大声喊我。"

然后这人溜进第一块麦地,开始收割。不一会儿,他就听到女儿喊道:"爸爸,有人看到你了!"

这人一听,吓了一跳,紧张地向四周看了看,但是一个人也没有看到,于是他把割下的麦子收拾起来,走进了第二块麦地。

刚开始割了一会儿,女儿又大声喊道:"爸爸,有人看到你了!"

这人又马上停下来,立即向四周张望,但还是什么人也没看到。他又收了些麦子,然后来到第三块麦地。

过了一会儿,女儿再次大声叫道:"爸爸,有人看到你了!"

这人又一次停下手中的活,向四周望了一下,但还是什么人也没有看到。于是他把割下的麦子捆好,然后悄悄地溜进最后一块麦地。

"爸爸,有人看到你了!"女儿又叫了起来。

这人停止收割,向四下看去,可是仍然连一个人影都没有看到。他十分生气,责问女儿:"你为什么总是说有人看到我了? 每次我出来后,却什么人也没看到。"

"爸爸,"那孩子低声说道,"有人从天上看到你了。"

责任小语

评判一个人最好的方法,是看你在无人的时候干什么,无人的时候,你的所作所为才是真正发自自己的内心。其实,即使是无人的时候,也有人能注视到你的行动,那就是自己的良知和责任。有良知和责任感的人,有人和无人的时候保持一致;没有良知和责任感的人,总趁无人的场合满足自己的私欲。你想做哪一种人呢?

(章 杰)

一件做错的晚礼服

不宽容工作上的每一个小错,不放过技术上的每一点进步,成功才会与你来个幸福的干杯!

史蒂芬是个二十多岁的美国小伙子,几年前他在一家裁缝店学成出师,来到堪萨斯州一个城市开了一家自己的裁缝店。由于他做活认真,价格又便宜,很快就声名远扬,许多人慕名来找他做衣服。有一天,风姿绰约的哈里斯太太让史蒂芬为她做一套晚礼服,等史蒂芬做完的时候,发现袖子比哈里斯太太要求的长了半寸,但哈里斯太太马上就要来取这套晚礼服了。史蒂芬已经没有时间去修改了。

时间不长,哈里斯太太便来到了史蒂芬的店中。她穿上了晚礼服在镜子前照来照去,同时不住地称赞史蒂芬的手艺,于是她按说好的价格付钱给史蒂芬。没想到史蒂芬竟坚决拒绝,哈里斯太太非常纳闷。史蒂芬解释说:"太太,我不能收您的钱。因为我把晚礼服的袖子做长了半寸。为此我很抱歉。如果您能再给我一点时间,我非常愿意把它修改到您需求的尺寸。"

听了史蒂芬的话后,哈里斯太太一再表示她对晚礼服很满意,她不介意那半寸。但不管哈里斯太太怎么说,史蒂芬无论如何也不肯收她的钱,最后哈里斯太太只好让步。

去参加晚会的路上，哈里斯太太对丈夫说："史蒂芬以后一定会出名的，他勇于承认错误、承担责任以及一丝不苟的工作态度让我震惊。"

哈里斯太太的话一点也没错。后来，史蒂芬果然成了一位世界闻名的高级服装设计大师。

❀责任小语❀

　　成功的人与失败的人最大的差别，其实不在于他们技术的高下，而在于他们的生活态度：成功的人对工作一丝不苟，对自己严格要求，对技术精益求精；失败的人对工作马马虎虎，对自己轻易宽容，对技术随意将就。不宽容工作上的每一个小错，不放过技术上的每一点进步，成功才会与你来个幸福的干杯！

（章　杰）

别出心裁的"面袋婴儿"

以游戏的态度对待生活，并不能获得希望的乐趣，反而会使身心受到损害，自轻自贱，陷入绝望。

在美国旧金山，一所教会高中近年来开设了一门家庭生活课，它的别出心裁令一般人难以理解：黑板前站立的不是不苟言笑的牧师，也不是衣冠整洁的老师，而是一位身穿淡绿色手术服装的"外科医生"。教室中近 50 名 15～18 岁的男女学生没有课本和笔，而是一人发一个用面袋缝制的婴儿。

49 岁的生活课教师罗伯特·瓦尔伍德在"面袋婴儿"课上，表情严肃地宣布："你们必须 24 小时一刻不离地照顾它，连续三个星期。"瓦尔伍德环视了下面的学生一眼，提高声调接着说道："你们每个人都必须对这个孩子负责。有谁让我发现你们当中有人将它放在书包或抽屉里，那我就只能给他一个不及格。"

有的人或许会认为这是一幕滑稽的闹剧，但事实上，这是瓦尔伍德先生针对近年来中学生怀孕率迅速上升，冥思苦想才想出来的办法。这所教会高中仅去年一年就有不下 20 名女生堕胎。瓦尔伍德希望通过这别出心裁的一课，让学生们知道，他们现在的年龄不仅不适宜有孩子，更没有能力尽到抚养的职责。

三周时间看似短暂，但对这些中学生来说实在漫长，为了通过家庭生活课，他们不得不带着各自的"面袋婴儿"往返于学校和家庭之间，雨天要为它带上雨衣，运动或玩耍时都不能把它丢在一旁不管，真是苦煞了这些十几岁的中学生。可想而知，通过这三个星期的磨炼，他们心中会想些什么。

在一个人学习模仿阶段，经常会有一些轻率行为，这无可厚非，对此应该宽容和理解。但是以游戏的态度对待生活，并不能获得希望的乐趣，反而会使身心受到损害，自轻自贱，陷入绝望。模拟未来的人生角色，不仅提供了游戏的乐趣，而且促使人意识到人生的艰辛和责任，以正确的态度对待生活。

责任小语

有时候,试着去体验一下别人的责任吧!试着体验父母的责任,你会更加明白父母的艰辛;试着体验老师的责任,你会更加了解老师的不易;试着体验一下不同角色的责任,你会对这个多样的世界多一分宽容和认知!

(章 杰)

克制自己

学会努力克制,就要有坚定的目标。你只要一心向着自己的目标走去,就一定能取得成功。

一天,小镇上贴出了一个不同寻常的招聘启事,吸引了小镇上众多的人驻足观看。那启事上写着:招聘一名懂得克制自己的年轻人,月薪4美元,表现得优异可增加至6美元。有升迁机会。

说它不寻常就是因为它的内容是"懂得克制自己的人",大人和小孩都无法理解这一点。很多大人鼓励自己的孩子去参加应聘。负责招聘的人给前来应聘的年轻人一段文字,问:"你能够读吗?"

"能啊。"

"那持续不断地阅读这一段，可以做到吗？"

"可以啊。"几乎所有的应聘者都脱口而出。

"那么好吧，你们一个一个来。"

那段文字被交到一个年轻人手里。他开始阅读，这时，负责招聘的人放出几只漂亮的小狗。毛茸茸的小狗，打打闹闹，十分可爱。年轻人很快读不下去了，他的眼睛被小狗深深吸引去了。

第二个年轻人，只读了两句便错了。他也受不了那么可爱的小狗的诱惑。一个又一个年轻人读不下去了。到了最后一个年轻人，小狗咬着他的衣服，他也不为所动，一字不差地读了一遍又一遍。

负责招聘的人十分高兴，说："小伙子，你承诺的事总会去做吗？"

"我会尽自己最大的努力去做。"

"好，你被录取了。"

学会努力克制，就要有坚定的目标。你只要一心向着自己的目标走去，就一定能取得成功。

责任小语

这真是一个有趣的测试，却那么真实地反映出一个人的责任感：即使身边的诱惑再多，对自己承诺了的事情也要尽最大的努力去做到！对事情都本着最负责的态度去做，有什么事情不能做好呢？做一个这样有责任感的人，才会成长为社会所需要的有用之才！

(章 杰)

对自己负责

既然你作出了这个重要的选择，今后你就应该负起一个棋手应有的责任。

1982 年，那一年女孩 12 岁，即将小学毕业，是升重点中学还是学棋，两条路任她选择。女孩和她的一家人似乎都处在十字路口上，需要决定前进的方向。女孩在小学 6 年中，7 个学期被评为"三好"学生。学校当然要保送她上重点中学。这样品学兼优的孩子，谁见谁要。国际象棋的黑白格同样牵动着女孩和她的一家人，真是举棋不定。

一天，妈妈叫来了女儿，用商量的语气说："孩子，抬起头来看着妈妈的眼睛，你很喜欢下棋是不是？"这是母亲对女儿选择道路的提问，从某种意义上讲，也是对女儿将来命运的提问。家庭是民主的，对孩子采取了商量的办法，充分尊重女儿的意见和选择。女儿目光坚毅、严肃地看着妈妈的眼睛，坚定地说出 7 个字："我还是喜欢下棋。"

母亲得到女儿的回音后，她同意女儿的选择，同时又极其严肃地对女儿说："好，记住下棋这条路是你自己选择的。既然你作出了这个重要的选择，今后你就应该负起一个棋手应有的责任。"

这个女孩就是谢军。应该说,假如当初没有这段对话,或者是父母包办决定她的前程,都不会有今天的谢军,中国也没有今天的国际象棋"女皇"。因此,独立自主并对自己的选择负责,对走好未来的人生之路非常重要。

 崔鹤同

责任小语

每个人的人生都是一条不能停歇的路,父母可以陪伴我们走一程,却不会陪伴走一生。面临岔道的时候,最好的办法是我们自己决定选择向左还是向右。自己的人生自己负责,自己的前途自己打拼,选择了哪条路就坚定踏实地朝前迈进!

(章 杰)

没有契约的责任

有些是不需要契约的责任:如果你多为别人考虑,别人也会以同样的行动回报你。

星期天早上 10 点,我到王小龙家约他去城外的小河边钓鱼。到了住宅楼,竟看见他坐在楼道口。王小龙住在五楼,我有点吃惊,问他:"你为什么在这里坐着?"他看着一楼 101 房,

101 房门开着，他对我说："我帮邻居看门。"

我觉得有点好笑，说："你和邻居发了哪门子神经了？为什么你帮邻居看门？邻居为什么又开着门让你看？"

王小龙对我说了情况，原来是这样的：

王小龙是新搬来的住户。他平时上下班时在楼道口与邻居们都打过照面，他觉得邻居都很好。前几天，王小龙想在一楼楼道口装个报箱。装报箱要用电钻打螺钉孔，王小龙住在五楼，接电拉线没有那么方便，一楼是最方便的。所以，昨天，王小龙试探着跟一楼的邻居说，想在他那里接电。王小龙和这个邻居只见过一两回面，他晓得这个邻居住在一楼，邻居也只是知道他是刚搬到五楼来的新邻居，王小龙没想到，一楼的邻居竟满口答应了。

今天早上，王小龙想去向朋友借电钻装报箱。他从一楼经过时，见一楼的门开着，王小龙喊了两声："有人吗？屋里有人吗？"没有人应。王小龙想进去又不敢进去，怕冒失地闯进去不礼貌。王小龙在门口往里看，房里好好的，不像是被人盗窃的样子。

王小龙转身想去借电钻了。走了几步，他又不走了。王小龙就坐在楼道口，帮邻居看门。邻居家里没人，而邻居的房门又开着，万一小偷进去了，怎么办？

我问："那邻居知道你在帮他看门吗？"王小龙说："我不知道。我在尽我的一份责任啊！"我愣了一下，说："你有什么责任？你和邻居有契约？"王小龙看了我一眼，说："没有。"我说："没有你尽什么责任啊？"王小龙平静地说："我在尽一份没有契约的责任。"

霎时，我愣住了，王小龙是对的。

※ 黄　蒙

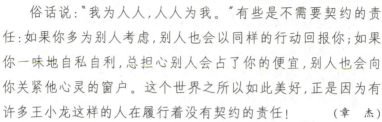责任小语

　　俗话说:"我为人人,人人为我。"有些是不需要契约的责任:如果你多为别人考虑,别人也会以同样的行动回报你;如果你一味地自私自利,总担心别人会占了你的便宜,别人也会向你关紧他心灵的窗户。这个世界之所以如此美好,正是因为有许多王小龙这样的人在履行着没有契约的责任!

(章　杰)

杜鹃和斑鸠

　　用埋怨的时间,去为梦想努力吧,唯有这样,我们才可以在寒冷的冬日里,享受到一份属于自己的温馨!

　　一只杜鹃在树枝上发出阵阵哀啼,一只可爱的斑鸠听到了,便向她询问,希望能帮助她排忧解难。

　　斑鸠站在枝头与她絮语:"杜鹃,你的鸣叫为什么这样哀怨啊?是不是因为春天即将离开,冬天逼近,爱情也将逝去,阳光也不再和煦温暖啊?"

　　杜鹃悲哀地说:"我这样可怜,怎能不伤心?请你帮我评评理。今年春天我曾幸福地恋爱,不久就当上了母亲。谁知孩子们完全不想与我相认,难道这就是我所盼望的报恩?当我看到小鸭子把母鸭围住，十分亲昵，而母鸡一声召唤，小鸡就向母鸡扑去，我怎能不感到羡慕？而我无依无靠，孤孤单单，我根本不知道什么是孩子们对母亲的依恋。"

斑鸠回答道："可怜的杜鹃，我对你深感同情。如果孩子们如此不孝顺，那我可无法忍受，尽管这类事层出不穷。可是你说你已经生育过孩子，你什么时候筑的巢？我怎么从没看到呢？在我印象中你总是不停地飞来飞去。"

杜鹃不屑地说："浪费大好时光，卧在巢里去孵卵，做那种事简直愚笨如猪！我总是在别人的鸟巢里下蛋，让他们替我代孵。"

斑鸠禁不住讽刺道："那你还希望从孩子们那里得到什么温暖？"

❈ ［俄］克雷洛夫

🌸责任小语🌸

杜鹃可怜吗？不，它没有承担过孵卵的责任，就享受不到小杜鹃给的温暖。没有播种就没有收获，没有付出就没有回报，没有努力就没有成功，我们都明白这样的道理，却总还有人怨叹命运与生活的不公。用埋怨的时间，去为梦想努力吧，唯有这样，我们才可以在寒冷的冬日里，享受到一份属于自己的温馨！　　　（章　杰）

姚明有责任感是真男人

我在世界上最好的篮球联赛打球，我当然希望帮助球队夺得总冠军，但同时，我也希望为国效力，奥运会是我一直的梦想，我会尽力履行这两方面的义务。

姚明拖着疲惫的身躯踏上了奥运赛场，刚从伤病中走出来的他还在寻找状态，不过他毫无怨言，因为这是他的梦想，也是他的义务。

《休斯敦纪事报》的专栏作家弗兰·布莱恩伯里发表文章，认为大家不用为姚明担心，也不用为他是否参加奥运争吵，因为正在备战奥运会的姚明自己也表示，奥运会一直是他的梦想，这是他个人的也是全中国人的荣誉，他有义务为国效力。

经历了漫长的 NBA 赛季之后，满身伤病的姚明并没有休息，他在脚踝手术后也没有停止力量训练，他就是这样一个人，长年累月不怎么休息。

脚部有伤，那就练习上肢力量，手指有伤，那就训练步伐，总之，姚明几乎总会找到合理的方式，让自己不得休息。

伤病来得很不是时候，他错过了火箭队的 22 连胜，他在最后的时候错过了球队的季后赛，然后伤病还没有完全康复,就要为奥运会准备,姚明在热身赛上的状态并没有完全恢复,也许在奥运会上,他的竞技状态也不会达到百分之百的巅峰。

伤病还有产生一个矛盾,来自国家队和俱乐部的矛盾。不过姚明已经无数次公开表示,不参加奥运会将是他职业生涯中的最大损失和遗憾。

美国媒体批评姚明没有为火箭队考虑,而中国球迷指责火箭队对于姚明的使用存在问题,当然休斯敦当地的火箭球迷认为姚明拿着球队的薪水,就应该听从球队的安排,到底是国家队集训还是火箭的比赛造成了姚明的伤病?

姚明称:"这就是我的生活,我要接受现实,我要承受压力。这是两种责任,我在世界上最好的篮球联赛打球,我当然希望帮助球队夺得总冠军,但同时,我也希望为国效力,奥运会是我一直的梦想,我会尽力履行这两方面的义务。"

姚明是一个真正的男人,他从没有怨言,他任劳任怨,尽职尽责,把伤痛藏在背后,在更衣室挥汗如雨,为的就是履行他的义务。

责任小语

　　一边背负着所属球队夺冠的责任,一边背负着为祖国奥运争取荣誉的责任,究竟该如何选择?姚明给了我们一个完美的答案:勇敢地背负起属于自己的所有责任,为球队效力,对祖国尽忠!这样才不愧为一个有责任感的真男人!学习姚明,就应该学习他的这种强烈的责任感!

(章　杰)

林肯的道歉

我知道这件事情不能怪天气，只怪我没有将书放在一个安全的地方，只是随手扔在了桌子上，真是对不起，你能原谅我吗？

　　林肯是美国南北战争时期的总统。小时候家里很穷，父母亲没有足够的经济实力给小林肯买书看，尽管他的母亲总设法满足他看书的愿望，但对于对书本如此渴求的林肯来说这是不够的，因此他经常去别的小朋友那里或是邻居家里借书。

　　他经常去的是邻村的鲍里斯医生的家，去帮忙干农活，既可以为贫困的家里分担一些责任，又可以减轻一下家里的经济负担。有一天，小林肯无意中发现了一本《华盛顿传》，他兴奋异常，于是大胆地向医生借这本书。刚好医生也是刚刚得到这本书，也非常喜欢，当然有些舍不得，不过他问小林肯："你真的这么喜欢这本书吗？""是的，医生，我非常想看这本书。因为我很崇拜华盛顿总统，长大了也希望做一个像他那样伟大的人物。医生，求求你了，我就借一天，明天就能还给你了，我保证马上就能送还给你。请相信我吧。"

　　"这是一本新书，而且我是非常爱护书本的人，你能保证不会损坏它吗？"小林肯作出了保证，鲍里斯医生于是将书借给了他。

小林肯喜出望外，一回到家里就废寝忘食地看了起来，直到深夜两点钟他的母亲不断催促他早点睡觉，他才念念不舍地回屋睡觉。半夜的时候他被一声震耳欲聋的雷声惊醒，他马上意识到屋里开始漏水了，糟糕，放在外屋的书！小林肯赶忙跳下床，去营救他的书，可一切都已经晚了，新书早已被水打湿了。面对此情景，小林肯有些不知所措，但他的母亲这样对他说："孩子，书已经湿了。不过你不是答应鲍里斯医生要好好保管这本书的吗？那么你就要对此负起责任来，不要怪天气不好，只能怪你自己没有保管好书。明天你就去鲍里斯医生那里，请求他的原谅。"

第二天，小林肯只好硬着头皮去医生家里，非常歉疚地把事情告诉了医生，并且希望得到医生的原谅。可是当医生看到皱巴巴的书时，着实很生气，大声地训斥林肯："你不是答应要好好保管这本书的吗？怎么让它变成了这副模样？""医生，我知道这件事情不能怪天气，只怪我没有将书放在一个安全的地方，只是随手扔在了桌子上，真是对不起，你能原谅我吗？我会为此负责任的，我会赔偿你的损失的。我可以为你工作，这样我可以用工资偿还，可以吗？"小林肯真的是非常希望得到医生的原谅，他说得很恳切。"那就这样吧。"医生同意了。这样林肯为医生干了三天的活，又抽时间看完了那本书。医生为他的这种精神深深打动了，最后还将这本书送给了林肯。

林肯就是凭着这种品质，不断努力，后来成为美国历史上最受人民爱戴的总统。

责任小语

对于小林肯的勇于承担责任，我们要给予热烈的掌声。很多时候，上帝悄悄在我们身边放了很多小金子，每弯腰捡起一次属于自己的责任，便收获一块金子。日积月累，我们的人生就变得更加富有！

（章 杰）

第4辑

责任是一架永不倾斜的天平

有一次,英国王子哈里应邀参加朋友的生日化装晚会,
他无视自己身份的特殊,打扮成德国纳粹士兵形象登台亮相,
他胳膊上红黑相间带有纳粹标志的臂章格外刺人眼目。
后来这件事情被人们知道了,哈里立即成为众人谴责的对象,
他们强烈要求哈里王子为自己的行为道歉。
面对历史,面对人民,哈里虽贵为英国王子,
也不得不在事后正式发表声明道歉。
责任是一架永远都不会倾斜的天平,
在这个天平之上,
无论是谁都得为自己的行为负责。

高尔基照章办事

伟人之所以成为伟人的前提,在于他们把自己等同于一个普通人,承担着一个社会公民应尽的责任。

高尔基是苏联的大文学家。他处处严格要求自己,以人品和文品为世人做出表率,受到人们的尊敬。

有一年冬天,莫斯科远郊的一个小镇上,冰天雪地,寒气逼人。一个阴冷的下午,小镇上唯一的一家剧院门口排起了长长的队伍。镇民们穿着厚厚的大衣,高高的皮靴,脖子上绕着又长又宽的围巾,连同嘴巴一块儿裹住了。妇女头上扎着羊毛头巾,男人则戴着毛茸茸的皮帽。看不清每个人的五官,只看见一双双眼睛和一个个鼻子。他们在排队买票,城里话剧院这次到镇上演出的是高尔基的戏剧《底层》。恰巧,高尔基外出开一个文代会,回来时冰雪封住了铁路,火车停开,所以就在这个小镇临时住了下来。这天他散步经过小镇戏院门口时,发现镇民们正排队购买《底层》的戏票,心想:不知道镇民们对《底层》反应如何?趁着回不了城,不如也坐进戏院,观察观察镇民们对该剧的意见。高尔基排队买了票,他刚回身走出没多远,只听身后有追上来的脚步声,回头一看,是一位男子跑了过来。那男子跑到高尔基跟前,打量着,谨慎地问道:"您是高尔基同志吧？"

"是，我就是。您——"高尔基好奇地问道。"我是戏院售票组组的组长。刚才您买票时，我正在售票房里，我看着您面熟，但您戴着围巾和帽子，我一下子不敢确认是您。您走路的背影，使我越发感到您可能就是高尔基，所以我跑过来问问您。"

"噢。"高尔基和蔼地笑了。他握住售票组组长的手说："现在，您认出我了。有什么事要我帮忙吗？""嗯，没什么。只是，这钱请您收回。"售票组组长从衣兜里掏出钱递给高尔基。

"这是为什么？"高尔基奇怪地问。"实在对不起，售票员刚才没看清是您，所以让您花自己的钱买了票，现在我来退回给您。请您多包涵！"

"怎么，我不能看这场戏？"

"不，不，不，不是这个意思。这个戏本来就是您写的，您看就不用花钱买票了。"组长解释道。"噢，是这样。"高尔基明白了。他想了想，问售票组组长道："那布是纺织工人织的，他们要穿衣服就可以不花钱，到服装店去随便拿吗？面包是面粉厂工人把小麦加工后做成的，工人们要吃面包就可以不花钱，到食品仓库里去随便取吗？我想您一定会说，这不行吧。那么，我写的剧本一旦上演，我就可以不论何时何地到处白看戏吗？"

"这——"售票组组长一时无言以对。"告诉您吧，同志，我们写戏的人，除领导上规定的观摩活动以外，自己看戏看电影，一律都要像普通人一样照章办事。就像现在，我要看戏，就得买票。"说完，高尔基乐呵呵地笑了起来。售票组组长也笑了起来。他们愉快地道了别。

高尔基排队花钱买票看自己写的戏的故事传开后，大家都很敬重他，说他是照章办事、遵规守纪的人。

责任小语

高尔基曾经说过："最崇高最伟大的职务，是在世界上做一个人。"任何人，不管成就如何，不论职务多高，他首先必须是一个遵章守法的社会公民。伟人之所以成为伟人的前提，在于他们把自己等同于一个普通人，承担着一个社会公民应尽的责任。

（尤守金）

校长向我道歉

"你们好！"我一边走自己的路，一边严肃地说，"叫校长到我这儿来！两天没看见他啦，是不是又跑出去玩了？"

不知为什么，我在学校完全是另一个样子，老是捣蛋。以前我很笨，但从不做坏事。现在呢，我是个留级生，不但很笨，还是个流氓。我们班主任安娜就是这样说我的。

以前别人骂我："你不害臊吗？"我埋下头说："害臊……"可现在我会嬉皮笑脸地回答："不！"我知道为人应该善良，但是在学校不可能善良，何况也不要求我这么做，只要求我听话……

班主任安娜走进教室，满脸不高兴的样子。我们站起来，身体挺得笔直。

"坐下！"安娜命令，"现在你们写作文。"

"今天的作文我不打分，因为这是《少先队真理报》的征文，题目是《如果我是一位教师》。"

"天哪，要是出错怎么办？"

"错误由我来检查、改正。"

"如果我不想当老师呢？"我坐在座位上问，"那怎么办？"

"安德烈，谁也不会请你去当老师的！"老师生气地说，"你完全可以不写！"

但我还是随心所欲地写了，可能出了很多错。管他呢！

我在作文中写道：学校不该像现在这个样子，而应完全相反。比如说这样：我来到学校，所有的老师看见我都很高兴！"你好，亲爱的安德烈！"他们一副满脸堆笑的样子。

"你们好！"我一边走自己的路，一边严肃地说，"叫校长到我这儿来！两天没看见他啦，是不是又跑出去玩了？"

"他在开会。"老师们替他辩解。

"我马上就会弄清楚他到底上哪儿去了！"我威胁道。

校长跑来，一副惶恐不安的样子，眼睛看着地面。

"是你叫我吗，安德烈？"

"对，跟我到教室去！"我生气地点点头。我走进教室，他胆怯地在门口站住了。

"你瞧瞧，我为什么叫你来……你瞧，教师们又不遵守纪律了，在课堂上搞得很不像话。"

"又犯老毛病啦？"校长叹了一口气。

"你想想！昨天地理老师尤利雅管彼得叫'糊涂虫'，难道你们的教学法就是这样？"

校长难过地把双手一摊："唉，安德烈，我跟她说过无数次了。我简直拿她没办法！不过，你也要体谅她。她家中出了一件很不愉快的事……"

"算了……"我长叹一声，"与其在此哭丧着脸，不如好好钻研一下教育学。重要的是要做一个善良的人，要爱学生……"

"是的，爱学生。"他唯唯诺诺地答道，在我的示意下退了出去。

第二天是星期天。老远，我看见校长从学校出来，一边走，一边查看房子的门牌号码……当校长敲了敲我家的小篱笆门，走进院子时，我吓得急忙躲到桌子下面。

一定是来告状的。幸好我家没大人……

"安德烈！"校长在外面喊道，"如果你在家，就让我进来。"

"我读了你的作文！你听见了吗？"等了一会儿，他又喊道。

我没回答。有什么好谈的？他找的不是我，是我妈妈，是来告状的。

"安德烈！"他突然伤心地说，"我同意你的一些意见……你听见了没有……"

"反正我不开门！"我吼了一声。

"我自己以前也想过，"他轻轻地说，好像在自言自语，"是的，我的工作应该做得更好一些……孩子们跟我在一块儿才会觉得有意思，很平常……我们互相理解……我做过努力，但不完全成功……你懂吗？"

"关我什么事？"我在窗帘后面叹了一口气。

"就是关你的事！"他回答，"爱学生……叫别人怎么爱你？你谁也不需要。你活着，读你自己的书，别的一切对你都无所谓。你从旁边观察别人，嘲笑别人的弱点……跟你在一块儿心里都发冷……"

"不错，"他突然说，"你在学校表现不好，这我也有责任，应该向你道歉。我也想过，我们学校应该是全体学生的第二个家……"

他坐在门口的台阶上，忧郁地抽着烟，不再像一个威严的校长，而只是一个普普通通的人。我打开门，走到台阶上，他往旁边挪了挪，我挨着他坐了下来……

❋ [俄]H.索洛姆科

🌸 责任小语 🌸

世上每一个人的灵魂都是平等的。不论是校长还是学生，是领袖还是平民。有缘同在一个集体，我们都有责任帮彼此完善人生。选择把自己的灵魂与谁的摆放在同一高度，你就会收获与谁相似的人生！

(尤守金)

总统与小偷的情谊

有时候，一个小小的善意可以改变人的一生。没有人生来就是总统，也没有人愿生而成为小偷。

美国第三十任总统卡尔文·柯立芝(1872~1933)，曾与一个小偷有过一段耐人寻味的情谊。

那是 1923 年 8 月下旬的一天，柯立芝总统和夫人住在华盛顿维拉德饭店三楼的套房里。

黎明前的黑暗尽管短暂，但格外的黑暗。朦胧中的柯立芝被一阵窸窸窣窣的声音惊醒。他睁开眼睛，发现潜入卧室里的一个人正在翻弄他的衣服，从衣袋里把钱包掏出来，并拿到了一块表。

柯立芝没有惊动还在熟睡的夫人，更没有呼叫特工保卫人员。他悄悄地从床上起来，走到小偷跟前，轻声地指着表说："我希望你最好不要把它拿走。"

本来就做贼心虚的小偷听到突如其来的声音大吃一惊，当发现房主人非常慈善并没有恶意时，便壮着胆子问："为什么？"

柯立芝说："我指的不是表和表链，而是指你拿的那个表链上的表坠。"

小偷下意识地看了看表坠，不解其意地想：这和其他的表坠并没有什么区别呀？

柯立芝看出了小偷的疑惑，又说："你把表坠拿到窗前仔细看一看，看看刻在表坠背面的字。"

小偷走到窗前，借着黎明的微光轻声念道："众议院院长卡尔文·柯立芝惠存。"落款是"马塞诸塞州州议会赠"。小偷顿时瞪大了眼睛，扭头看着柯立芝将信将疑地说："你就是柯立芝总统？"

柯立芝点点头说："不错，我就是柯立芝。那个表坠是议会送给我的，我很喜欢。表坠对你没有什么用处，你需要的是钱，来，咱们商量一下怎么样？"

小偷壮着胆子把钱包举了举说："我只要这个，其他什么我都不要！"柯立芝清楚，钱包里共有 80 美元。

待年轻人坐下来后,柯立芝问他为什么要偷东西,年轻人说:自己是个学生,和大学里的同学假期一块出来玩,花费太多了,钱花光了,没有钱支付旅店的费用,只好出来偷钱,没想到竟偷到了总统的头上。

柯立芝不但没生气,反倒帮这个年轻人算了算两个人的住宿和返回学校的车票加起来所需的费用。然后,从钱包里取出 32 美元交给了年轻人,说:"这钱不是你偷的,而是我借给你的!"柯立芝还嘱咐年轻人,天快要亮了,特工保卫人员就在饭店走廊里巡逻,最好尽快按来时的原路返回去。年轻人听罢,赶紧从爬进来的窗口又爬了出去,瞬间便消失在黎明前的晨曦里。

柯立芝与小偷耐人寻味的情谊,不仅体现在对小偷的教育和帮助上,还体现了对小偷人格的尊重。

在小偷走后,柯立芝把这件事告诉了夫人格雷斯。后来,柯立芝又把这件事告诉了两位挚友:一位是家庭律师史蒂文斯法官,另一位是自由撰稿人和摄影师麦卡锡。同时,柯立芝要求一定要保守秘密,不得扩大范围,并从未透露过这个年轻人的姓名。

柯立芝与小偷耐人寻味的情谊,还表现在小偷没有辜负柯立芝总统的教诲,如数地把钱还给了柯立芝总统。关于这一点,在柯立芝的挚友麦卡锡的笔记中有明确的记载:柯立芝讲到的这位年轻人,后来如数偿还了这 32 美元的"借款"。

柯立芝总统逝世 15 年以后,这件事情已经过去将近 25 年了。麦卡锡请求柯立芝夫人允许公开这件事情。柯立芝夫人遵从丈夫的意愿,委婉地拒绝了麦卡锡。麦卡锡一方面理解和尊重柯立芝夫人的意见,另一方面进一步核实了事件的具体情节,并请求允许在柯立芝夫人去世后,公开这件事情。

1957年7月8日柯立芝夫人去世，三个月后麦卡锡也离开了这个世界，没来得及向世人公开这件事情。不过，当麦卡锡活着的时候，曾把这个故事的始末告诉给了一位同事。

光阴似箭，转眼就是34年。保密的时间一过，秘密就不再是秘密。在麦卡锡死后，他的这位同事认为，时过境迁，一切保密的理由都不复存在了，于是根据麦卡锡生前写的文章改写了一篇报道，将此事公之于众。

总统柯立芝将小偷转化为借钱人的故事，无论是当时要求保守秘密，还是后来将过时的秘密予以公开，都是够耐人寻味的。品味这件小事的整个经过，确实可以让人领悟到非同寻常的友善、智慧、大度和责任感。

🌸 责任小语 🌸

有时候，一个小小的善意可以改变人的一生。没有人生来就是总统，也没有人愿意生而成为小偷，总统之所以成为值得人们尊敬的领袖，是因为他懂得所有人的人格都是平等的，尊重每一个人，尽可能地保持他们人格尊严，也是我们必须谨记的责任之一。

（尤守金）

规则面前人人平等

遵守统一的规则，不逾越、不违反，才会形成团结和谐的社会。

曹操，东汉末年的丞相，后被封为魏王，是三国时期著名的政治家、军事家。曹操带兵军纪十分严明，并且自己也以身作则，带头遵守，因此，他的军队很有战斗力，很快就消灭了多股强大的军阀割据势力，统一了中国北方。

曹操看到中原一带，由于多年战乱，人民四处流散，田地荒芜，就采纳部将的建议，下令让军队的士兵和老百姓实行屯田。很快，荒芜的土地种上了庄稼，收获了大批的粮食。有了粮食，老百姓安居乐业了，军队也有了充足的军粮，为进一步统一全国打下了物质基础。

可是，有些士兵不懂得爱护庄稼，常有人在庄稼地里乱跑，踩坏庄稼。曹操知道后很生气，他下了一道极其严厉的命令：全军将士，一律不得践踏庄稼，违令者斩！

将士们都知道曹操一向军令如山，令行禁止，决不姑息宽容。所以此令一下，将士们小心谨慎，唯恐犯了军纪。将士们操练、行军经过庄稼地的时候，总是小心翼翼地通过。

有一次，曹操率领士兵们去打仗。那时候正好是小麦快成熟的季节。曹操骑在马上,望着金黄色的麦浪,心里十分高兴。

正当曹操骑在马上边走边想问题的时候,突然"扑棱棱"的一声,从路旁的草丛里蹿出几只野鸡,从曹操的马前飞过。马受到惊吓,嘶叫着狂奔进了附近的麦子地。等到曹操使劲勒住了惊马,地里的麦子已经被踩倒了一大片。

看到眼前的情景,曹操把执法官叫来,认真地对他说:"今天,我的马踩坏了麦田,违犯了军纪,请你按照军法给我治罪吧!"

听了曹操的话,执法官犯了难。按照曹操制定的军纪,踩坏了庄稼,是要治死罪的。可是曹操是主帅,怎么能治他的罪呢?

想到这儿,执法官对曹操说:"丞相,按照古制'刑不上大夫',您是不必领罪的。"

"这怎么能行?"曹操说,"如果大夫以上的高官都可以不受法令的约束,那法令还有什么用处?何况这糟蹋了庄稼要治死罪的军令是我下的,如果我自己不执行,怎么能让将士们去执行呢?"

"这……"执法官迟疑了一下,又说,"丞相,您的马是受到惊吓才冲入麦田的,并不是您有意违犯军纪踩坏庄稼的,我看还是免予处罚吧!"

"不!你的理不通。军令就是军令,不能分什么有意无意,如果大家违犯了军纪,都去找一些理由来免于处罚,那军令不就成了一纸空文吗?军纪人人都得遵守,我怎么能例外呢?"

执法官头上冒出了汗,他想了想又说:"丞相,您是全军的主帅,如果按军令从事,那谁来指挥打仗呢?再说,朝廷不能没有丞相!"

众将官见执法官这样说,也纷纷上前哀求,请曹操不要处罚自己。

曹操见大家求情，沉思了一会儿说："我是主帅，治死罪是不适宜。不过，不治死罪，也要治罪，那就用我的头发来代替我的首级（脑袋）吧！"说完他拔出了宝剑，割下了自己的一把头发。

🌸责任小语🌸

"王子犯法，与庶民同罪"，这是我们听得最多的说法。其实，它不过说明了一个道理：在规则面前，人人平等。遵守统一的规则，不逾越、不违反，才会形成团结和谐的社会。　　（尤守金）

加加林认错

加加林无疑是一个勇者，勇在敢于承认和改正错误。正是他在关键时候的一次"回头"，让人们重塑对他的印象。

那绝对是一个历史性的时刻：1961 年 4 月 12 日，苏联航天员加加林在太空飞完了 108 分钟，平安地回到了地面。它意味着人类圆满完成了探索太空的第一次飞行。

加加林因此成了全世界的英雄。几分钟后，世界各地的电台、报纸争相报道这个 25 岁的矮个子航天明星。他在国内更是享受到非同一般的政治待遇：与火箭之父科罗廖夫并肩坐在一起,被苏共中央总书记赫鲁晓夫热情接见,和政要、名人拥抱、举杯,大大小小的勋章挂满胸前,军衔从上尉升为少校。后来,他又被选送到茹科夫斯基军事学院和高等军事学院研究生院深造。他走到哪里都会成为焦点,受到别人的追捧。

在巨大的荣誉面前,加加林有些忘乎所以。他常常驾着国家奖给他的伏尔加轿车在街道上横冲直撞。有一天,加加林开车又闯红灯,撞翻了另一辆汽车,两辆车都变得面目全非。幸好,他与另外那位驾车者都只受了点轻伤。责任本来不难判断,但赶到出事地点的警察认出是加加林,事情就发生了戏剧性的逆转。警察微笑着向加加林敬了一个礼,当即保证"追究肇事者的责任"。那位真正的受害老者虽然负了伤,但看到面前站着的是加加林,也赔起了笑脸。警察拦下一辆过路汽车,嘱咐司机将加加林安全送到目的地,却留下那个真正的受害者。

加加林坐在汽车上,心里却像搁了个滚烫的烧饼一般难受。他让司机迅速把车开回出事地点,在警察和老人面前诚恳地认错,帮助老人修好汽车,承担了全部的费用。

加加林无疑是一个勇者,勇在敢于承认和改正错误。正是他在关键时候的一次"回头",让人们重塑对他的印象。

✿ 游宇明

🌹责任小语🌹

作为航天员,加加林尽到了一个航天员应尽的责任,所以获得了无数的荣誉;作为驾驶员,加加林也没忘记他应该承担的责任,所以赢回了人们对他的尊重。我们也一样,无论你是谁、在干什么,都请谨记自己的责任,只有这样才会赢来别人的尊重!　　(尤守金)

李离错判自罚

责任当前,不偏袒、不徇私;利益当前,不舞弊、不贪溺,方能成就大义人生!

晋国王宫,君臣们正在争论。晋文公和几个大臣都认为:李离应无罪释放,因为他执法公正,刚正不阿,乃不可多得之人才,而且晋国如今内忧外患,正值用人之际,李离纵然错判了他人,也罪不该死。但是,有一个大臣却持反对意见,他认为"王子犯法与庶民同罪",若典律不严,则民心必乱,无法做到依法治理天下。但晋文公决定赦免李离。原来,李离是晋国执掌司法的大臣,他在一次判案中,错杀了一个无辜的人,按照律例,必须处以死罪。

令所有人吃惊的是,李离竟然一再主动要求处以死罪,他甚至不愿走出监牢,还写了一份言辞恳切的奏章,讲明道理,恳请晋文公治自己死罪。晋文公愁容满面,对此事不知如何是好。太监为他出了个主意:找丞相去说服李离。

丞相到了监牢,听说李离已经绝食三天了。他想出一个好办法:以喝酒为名,劝李离吃东西。果然,他略施小计就轻而易举地使得李离进食了。但是,他想劝说李离放弃自罚的目的却没有达到,李离像中了魔似的,求死之心不可动摇。

一计不成，晋文公只好自己出马了。他亲自来到牢房，紧紧地抓住李离的手："本王命你掌管司法以来，社会安定，这是晋国之幸，更是百姓之幸。你责任重大，出点小错在所难免，何必要自罚？"李离义正词严地说："国家之典律，理应共同遵守，'王子犯法与庶民同罪'，身居司法高职，又怎能知法违法？我意已决，还请大王发落吧！"晋文公无言以对，只好作罢。

无奈之下，晋文公只好顺从了李离的意愿。正当他犹疑地要下令的时候，宫门外聚集了许多为李离请愿的民众。人们振臂疾呼："李大人清正廉洁，大王不可杀他！""人非圣贤，孰能无过？"晋文公把自己的无奈说给百姓听，一个老百姓想出办法：让李离错判的受害人妻子出面，恳请李离不要自罚。晋文公有些为难：人家刚刚死了丈夫，怎么愿意做这种事呢？这时，却见一女子拨开众人，上前来说："我愿意随同前去！"此人正是受害人的妻子钟氏。

李离一见钟氏，立即跪倒在地。钟氏劝慰李离："人死不能复生，你又何必过分自责！大人是国家栋梁，只要大人为民众请命，夫君在天之灵也一定会原谅的！"李离却说："我李离知法又怎能违法，你回去吧！"钟氏告诉李离全城百姓都跪于宫门外，等待大人走出监牢。李离听了此话，犹豫了一下，走了出去。晋文公看见李离走了出来，不禁笑道："看来寡人的脸面竟不如一名村妇！"

李离赶忙对百姓们说道："各位乡亲，快请起来。"但大家却一动不动，其中有一人说：大人若不答应放弃自罚，我们就跪地不起。李离答应了大家，他说："我扪心自问，并无大功，却得大家如此厚爱，倍感不安。然一旦执法不严，执法者违法，则典律何以服人？"说着，迅速从一侍卫腰间拔出宝剑，架在自己脖子上，"我深受大王之恩，感谢各位乡亲之情，然我无以为报,既然大王不肯批复,我唯有自刎以儆效尤。"宝剑"当"的一声落地,李离也应声倒下。晋文公抚尸大哭,民众也失声痛哭。

🌸 责任小语 🌸

李离错判冤案,自刎谢罪以维持律法的尊严,获得千古传颂的名声;包拯侄子违法,忍痛斩杀以保证法治的清明,留下铁面无私的佳话。究其根本,他们都是谨记自己责任的典范。责任当前,不偏袒、不徇私;利益当前,不舞弊、不贪溺,方能成就大义人生!

(尤守金)

周亚夫驻军细柳营

> 踏实守责的人认真专注,就会获得生活丰厚的回报;游戏人生的人马虎随意,也就常常遭受生活的戏弄。

公元前 158 年,匈奴大举侵犯汉朝北部边疆。烽火,从边境一直燃到长安城。汉文帝赶忙派三位将军带领三路人马去抵抗,为了保卫长安,另外派了三位将军带兵驻扎在长安附近:将军刘礼驻扎在灞上,徐厉驻扎在棘门,周亚夫驻扎在细柳。

后来,汉文帝有些不大放心,准备去视察一下,同时带些东西亲自去慰劳各路将士。

他先到灞上，刘礼和他的部下一听皇帝要来了，都纷纷骑着马出来迎驾。汉文帝的车队进入军营，一点阻拦都没有。汉文帝慰劳大家一阵子，然后离开，刘礼等人忙不迭地欢送。

　　接着，他又来到棘门，受到的迎送仪式也是一样隆重。

　　最后，汉文帝来到细柳。周亚夫军营的前哨一见远远有一彪人马，立刻报告周亚夫。将士们披盔戴甲，弓上弦，刀出鞘，完全是备战的样子。汉文帝的先遣队到达营门，守营的哨兵立刻拦住，不让他们进去。先遣队的官员威严地吆喝道："让开，皇上马上驾到！"

　　营门的守将毫不慌张地答道："军中只听将军的军令，将军没下令，你们就别想进去！"

　　双方正在争执中，文帝的车马就到了。守营的将士照样拦住不放。汉文帝只好命令侍从拿出皇帝的符节，派人给周亚夫传话说："我要进营劳军。"

　　周亚夫接到符节，便下命令打开营门，让汉文帝的车队进入军营。护送文帝的人马一进营门，守营的官员又郑重地告诉他们："军中有规定：军营内不许车马奔驰。"

　　皇上的侍从们都很生气。但汉文帝却吩咐大家放松缰绳，缓缓前进。到了中营，只见周亚夫披盔贯甲，手持兵器，威风凛凛地站在汉文帝面前，拱拱手作个揖，说："臣盔甲在身，不能下拜，请允许臣按军礼朝见。"

　　汉文帝听了，大为震动，也扶着车欠了欠身，表示回答礼。接着，又派人向全军将士传达他的慰问。

　　慰问结束后，汉文帝离开细柳。在回长安的路上，汉文帝的侍从都愤愤不平，认为周亚夫对皇帝太无礼了。但是，汉文帝却赞不绝口，说："这才是真正的将军啊！灞上和棘门两个地方的军队，松松垮垮，就跟小孩子过家家一样。如果敌人偷袭，不做俘虏才怪呢。像周亚夫这样严于治军,敌人怎敢侵犯啊!"

从此,汉文帝认定周亚夫是个军事人才,就把他提升为负责京城治安的军事长官。第二年,汉文帝病重。临死的时候,他把太子叫到跟前,特地嘱咐说:"如果将来国家发生动乱,叫周亚夫率军作战,准错不了。"

责任小语

对待同一件事情的不同态度,足以折射出人与人之间不同的品性:恪守职责的人认真专注,就会获得生活丰厚的回报;游戏人生的人马虎随意,也就常常遭受生活的戏弄。能够承担责任的,必定是认真踏实的人!

(尤守金)

蛋糕烤焦了

任何人要是接受一个责任,不管责任大小,都应该切实地完成应尽的本分。

很多年前,有一个国王,他统治时期一点都不太平。强大的邻国频繁地侵略他的国家。入侵者大都勇猛善战,几乎每战必胜。他的国家快要灭亡了。

国王带着自己的军队抵抗着敌人的入侵。但经过多次奋战之后，国王的军队还是溃散了。每个人都尽力各保其命，国王也是如此。他将自己伪装成一名牧羊人，独自逃进了一片森林。

经过了几天的流浪，他感到饥饿和疲惫。终于，他看到了一间伐木人的小屋，便敲了敲小屋的门，开门的是伐木人的太太。国王向她乞求一些食物，并请求暂住一宿。国王的外表太寒酸了，她完全不知道他真正的身份。她说："如果你能帮我看着这些放在炉子上的蛋糕，我就给你吃一顿晚饭。我想出去挤牛奶。小心看着蛋糕，在我出去的时候，不要让蛋糕烤焦了。"

国王靠着火炉坐下来，他全神贯注地看着蛋糕。但没过多久，他的脑袋里就满是他自己的烦恼：怎样重整自己的军队，如何抵御敌人的攻击？他想得越多，就越觉得希望渺茫，甚至他开始相信再继续奋战下去也是没有用的。国王忘了他照看蛋糕的事。

过了一会儿，那个太太回来了。她发现她的小屋里满是烟，蛋糕变成了烧焦的脆片，而国王坐在炉灶边，出神地瞪着火焰，根本就没有注意到蛋糕已经烤焦了。

那个太太生气地喊道："你这个懒惰没有用的家伙，看看你做的好事，你让我们都没有晚餐吃啦！"国王从自己的思考中回过神来，只是惭愧地垂着头。

刚好伐木人回来了，他立刻就认出那个坐在炉灶边的陌生人。

他对太太说："你知道你骂的人是谁吗？这是我们高贵的国王。"

他太太吓坏了，跑到国王的身边跪下，乞求国王原谅她。

但是睿智的国王请她起身，说："你骂得没错，我说我会看好蛋糕，而我却把蛋糕烤焦了。我被你骂是应该的，任何人要是接受一个责任,不管责任大小,都应该切实地完成应尽的本分。这次我搞砸了,但是绝不会再有下次了,我要去完成我当国王的责任。"

后来,国王重整军队,很快就将敌人打败了。

❀ 责任小语 ❀

责任不分大小,而个人的责任心却分大小!责任心小的人,丢三落四,一件小事也不能做好;责任心大的人,敢于承担,最重的担子也能放心交付。其实,从平常日子中的小事里,就能看出你能否成为"国王"

(尤守金)

责 任

"小平顶"任局长是我推荐的,我当时还说过用党籍担保,如今他犯了法,难道我就没有责任?我能推卸责任吗?——我是有很大责任的,尽管我已退休。

早上,局长上街买菜,听到了一件烦心事。

局长退休已有两年了。

局长的家住在看守所附近。在职时,每天上下班,局长都要从看守所门前经过。

看守所高高的围墙上拉着一道道铁丝网，靠门的地方竖着一个高高的岗亭，岗亭上总有全副武装的警察扫视着下面。

骑自行车那会儿，局长还是个科长。每次经过看守所，他都要朝岗亭上望望。他知道，在警察的视线范围内，在那一排坚固的房子里，那些人的自由受到了限制。他常想，一个人失去自由真是可悲又可怜，享受自由才是最快乐的，人活在世上，苦点、累点、穷点、富点又有什么呢？平平安安过一生，这就是幸福，何苦要干那些蠢事！

骑摩托车那会儿，局长已当上副局长。虽说分管机关，可以随意支配局里的公务车，但局长真是不到万不得已，从不动用，上下班都是骑摩托车。每次经过看守所，他照例要朝岗亭上望望，然后坦然而过。他常想，那些坚固的房子里，有许多人真是可惜了，人民才给你一点小小的权力，你还没有很好地为人民办点实事，还没有忠实地履行自己的义务，就找不着北了，如今落到这步田地，也算是活该！

可以正常坐上轿车那会儿，局长已当上了局长。虽说局里给局长配了专车和专职驾驶员，但局长还是经常要驾驶员到办公室帮忙打杂，或是读书看报。局长上下班，大多数还是骑摩托车。每次经过看守所，仍习惯性地朝岗亭上望望。有时，应酬实在是晚了，局长坐轿车回家，也要在车内扭过头来朝岗亭上望望。他常想，许多人担任一般职务时，都能踏踏实实工作，各方面无可挑剔，为什么坐上一把手交椅后就脚下踩空了呢？这些人真对不起领导的提拔、组织的培养，对不起人民群众的期盼，对不起妻子儿女美好的希望，该剐！

一路走下来，局长担任过若干官职，口碑都不错，从没有犯过错误。

快要退休时，组织部门请局长推出一至两个局长人选。

局长经过深思，在三个副局长中只推了一个跟自己跟得紧的张副局长，人称"小平顶"。他的推荐理由是，业务精通，头脑活络，善于交际，局里人难办或办不成的事，"小平顶"出马准成。

后来，局长退休时，"小平顶"自然坐上了局长的宝座。

局长拎着菜，一路想着烦心事，不觉已到了看守所门前。他站住了，神情忧郁，仰着脸，凝视着岗亭子上的警察。确实，多少年来，他从没这样专注过。看着看着，他仿佛觉得警察的眼睛直逼自己，枪口正在对准自己的脑门。虽说是夏天，他觉得后背上透着股阴阴的凉气，拎着菜篮的手失去了知觉。

弄不清自己是怎样跨进家门的，局长一下子瘫倒在沙发上。老伴儿直说他今天像是丢了魂，早上起来还神气骨碌的。老伴儿问是不是病了？不睬。是不是在外与人吵架了？不睬。是不是在外丢钱了？不睬。再问，局长竟然发火了，你烦不烦，走开。

老伴儿没见过这架势，走了两步又跑过来。她清楚，几十年来，丈夫可不轻易发火，今天到底怎么了？

老伴儿一屁股坐到局长身旁，两眼盯着局长。

局长抬起头，望了望老伴儿，随即又垂下了脑袋。唉！局长重重地叹了口气，双手拍了拍自己的嘴巴。然后，慢慢地拉过老伴儿，拍拍老伴儿的手心，别怪我今天脾气不好，我真的烦心。老伴儿理了理局长飘乱的头发，轻轻地问道，为什么？

局长停了停，低声说，刚才在菜场上，市纪委的同志告诉我，"小平顶"出事了，贪污受贿全能，数额不小，已经被"双规"了。

老伴儿一脸惊讶，看他这人平时挺本分的，你也经常夸他有能耐，想不到蒙裆裤没穿几天就犯事儿了，依我说，抓得好，抓得好。不过，一人做事一人当，你跟着耍什么脾气？

局长一把推开老伴儿，站了起来，你懂什么呀，"小平顶"任局长是我推荐的，我当时还说过用党籍担保，如今他犯了法，难道我就没有责任？我能推卸责任吗？——我是有很大责任的，尽管我已退休。

❋ 姚国龙

🌸 责任小语 🌸

责任常常与权力相伴，它们就像一对双胞胎，有责任的时候，同时会有权力存在；而有权力的时候，责任也应该形影不离。如果仅仅把权力捧在手心，而忘了把责任背在背上，你就会在道德的深渊越滑越远。真正有益的人生是，即使在权力不在的情况下，也把责任记在心头！

（尤守金）

还　债

这里是我的家，我的子孙后代都要在这里生活，要像总理说的那样，留给他们一个"青山常在"，能够"永续利用"的家，而不能让他们像当年的小鸟一样没了家。

我今年 87 岁，退休之前，是黑龙江铁力林业局的伐木工人。

20世纪50年代，我是我们这一带有名的"砍树大王"，人年轻，有力气，一人能顶五六个人使。那时"耍单山"，一个人一条山沟，歪把子锯甩开了，半天就撂倒一片，锯下的树横在林子里，心里觉得是个"光荣"，有种"为社会主义添砖加瓦"的感觉。那时候和现在不一样，说你是"砍树大王"，就等于夸你是生产能手。

那时这一带是清一趟的原始林区，进去后黑乎乎的，红松、鱼鳞松，直径五六十公分算小的，一般都八九十。林子里什么动物都有，黑瞎子、老虎，都是我的朋友，可随着各路伐木大军的到来，就什么都变了。

开始我们用歪把子锯，后来是弓弦锯，再后来就学苏联老大哥的机械化，最后是爆破，用炸药包炸树。一棵树下堆两个炸药包，有的树大，就放上五六个，点火后人都撤得远远的。轰天巨响后，一棵树一个大坑，下点儿雨就成个水泡子，山被搞得坑坑洼洼不说，木材浪费也特别大，炸倒的树丛下往上至少得锯掉一米，全炸烂了，根本不能用。

机器的轰鸣声、爆破声，再加上伐木工人的喊号声，别说黑瞎子、老虎没了踪影，连小鸟都不见了，家没有了嘛！

一次从山里钻出来，队里领导让我当"劳模"，我文化不高，把这两个字听成了"老磨"，以为是批评我"磨洋工"，心里就委屈得不行。后来到了局里，戴上红花，捧起奖状，才知道是把我评成了劳动模范。那次的奖品是歪把子锯、斧子和20尺纯棉线布。锯还是局长亲自给我挑的，那时人很单纯，这种光荣使我在以后的日子干得更起劲了。

1958年，我作为黑龙江省人民代表参加了第二届全国人民代表大会。开会前，突然听见有工作人员喊："马永顺！马永顺来了没有？"我听见了，但没觉得是在叫自己，以为是找重名的人，我始终知道自己是个伐木工人。

"黑龙江团的马永顺，请到后台有事。"工作人员又明确地说了一遍，我才确认是在叫我。到了后台，才知道是接受周总理的接见。我到现在还记得总理的表情、说的话，一切都真真的，像在眼前。

总理问我："多大岁数？"

"46。"

"真年轻，跟小伙子一样，"总理夸完我后，又拍了拍我的肩膀，"不光要采伐，还要做到青山常在，永续利用啊！"

总理这几句话我记在了心里。我说过，自己文化不高，可这几句话，让我知道了"永续利用"的道理。1959 年回来后，虽然还是伐木工人，但我每年都要抽出两个星期的时间上山种树。

我估算了一下，从 1948 年做伐木工人起，自己这辈子一共砍了 36500 棵树，我把这当成自己的"债"，并下决心还上它们。

退休后，我的"砍树生涯"也就此结束了，从此开始种树还债。

这以后，我几乎走遍了周围的林场，种树、浇水、护树……看着一片片新起来的林子，心里觉得特别舒坦。

到 1990 年我 78 岁的时候，还有 1000 多棵树的"债"没有还上。我心里就犯了急，年纪一天比一天大，人吃五谷，我怕自己有个病啊灾的，就还不上了。所以，这一年春节聚会时，我给全家开了个会，主题就是要全家齐动员，帮我还债，不能把内疚带到地下。

家里人都很理解、支持我，从那年春天起，我们全家 19 口人，除了老伴看着两个小外孙外，其余 16 口人都上山种树。连干了3年,到1993年,我的欠债终于还清了。

你看,这林子起来了,嘿,小鸟又回来了,又有家了。

现在,每年我们全家还要去种树,我的想法特别简单:这里是我的家,我的子孙后代都要在这里生活,要像总理说的那样,留给他们一个"青山常在",能够"永续利用"的家,而不能让他们像当年的小鸟一样没了家。人要是一天到晚总跟大树摔跤,老天是要报应你的。前些年,我们这里总刮大风,一下雨,以前清清的小河都成了浑水汤,看了,心里真不是个滋味……

到现在,我和我的全家已经种了4万多棵树,不仅还了当年的欠债,还为家乡作了贡献,我这个以前的"砍树大王",现在又成了"种树大王"。1997年,还受到了朱总理的接见。我这个85岁的老汉,心里可敞亮了。

❋ 马永顺

🌹责任小语🌹

从"砍树大王"到"种树大王",可以说是马永顺人生的大转变。引发这种人生大转变的,正是他身上不变的责任感。年轻时争取砍更多的树"建设"社会;年老时争取植更多的树造福子孙,一样都是为了大家奉献自我,我们都应该学习他的这种精神。

(尤守金)

113

勇担责任，羞于诿过

当自己与别人一起从事某项工作或执行某项任务时，如果出了问题，要能够主动承担责任，切不可争功诿过，把责任推给别人，把成绩归于自己。

谈起这个问题，我想起了陈毅元帅的一个故事。

那是 1946 年 6 月，蒋介石发动了全面内战。在南线，蒋军以 50 多万正规军向我华东解放区发动了大规模进攻。为了粉碎蒋介石进攻，我军第 8 师在兄弟部队配合下，与 9 纵队共同担负了攻占泗县的任务。这一仗，虽然歼敌 3000 余人，但我军也伤亡惨重，因此，部队失望和埋怨情绪很大，有的说："8 师从来没有打过这样的窝囊仗，没想到丢人丢到这里来！"有的说："以后再用不着表扬啦！"

在这种情况下，陈毅给 8 师领导同志写了一封信，以战区最高负责人的身份完全承担了这次作战失利的一切责任。他就战役指挥的失误，向 8 师指战员作了高姿态的自我批评说："仗没打好，不是部队不好，不是师旅团不行，不是野战军参谋处不行，主要是我这个统帅犯了两个错误：一个是先打强，即不应打泗县；一个是不坚决守淮阴。"他还进一步分析说，"如不先打强，至少 69 师、28 师已被我消灭，我 8 师、9 纵队不会损伤过重，即损伤亦有代价；一个如坚守淮阴，74 师即可能被我消灭,蒋军不会吹牛。"在这严肃分析检讨的基础上,他公然宣告:"我应以统帅身份担负一切,向指战员承认这个错误。"陈毅还诚恳表示:"在艰难困苦的日子里,我从来不抱怨部属,不抱怨同事,不推卸责任,因而不丧失信心,对自己也仍然相信能搞好。"正是:"推美引过,德之至也。"陈毅的信,对8师全体教育极大,部队的怨气立即消散,认真总结了经验教训。

在这里,陈毅元帅给我们树立了一个很好的榜样,那就是:当自己与别人一起从事某项工作或执行某项任务时,如果出了问题,要能够主动承担责任,切不可争功诿过,把责任推给别人,把成绩归于自己。这应当成为与人共事的一项原则。

✿ 李庚辰

🌀 责任小语 🌀

我们或许都有过拔河比赛的经历:胜利了,则认为全得益于自己的力量;失败了,则怨叹别的同学没有使出全力。人总是这样,习惯把功劳归于自己,把责任推给别人!如果我们换一种态度,勇于承担自己的责任,那么一定会迎来值得敬重的人生!

(尤守金)

贯高：造反的是我

"信"和"义"，其实就是一个人身上承载的责任，认真地尽到自己的责任，才不致辜负所有对你怀有期待的人。

公元前204年，张耳、韩信攻下赵国，杀死他们的主子。刘邦就让张耳做了赵王，还把大女儿许配给张耳的儿子张敖做老婆。不久，张耳病故，张敖做了赵王。

后来，刘邦追击匈奴，被人家围住，差点没了命，援兵赶到，他才脱围。脱围的刘邦班师回朝，途经赵国。赵王张敖见岳父到来，十分谦卑，亲自端茶送水，服侍刘邦。但刘邦心情不好，不仅不以礼相待，还当着众人的面责骂张敖。

赵王的丞相贯高及赵午等一班大臣看在眼里，十分愤怒，便动员张敖起来造反，杀死刘邦。张敖一听，十分紧张。他连忙咬破手指，写下血书，发誓永远忠诚于刘邦。贯高找赵午等人私下商议说："今天刘邦污辱赵王，然而赵王忠厚、不肯忘恩背德。但我们怎么能忍下这口气呢？不如瞒着赵王，想办法杀死刘邦。假如成功了，自然赵王做皇帝；一旦失败了，赵王不知情，一切罪责我们承担好了。"众人连连点头。

一年后，刘邦再次经过赵国，贯高等人估摸刘邦会在柏人县留宿，于是在那里暗中埋伏杀手，准备杀掉他。不料天佑刘邦,他没在柏人县留宿,贯高等人的计划落空了。

贯高的一个仇人听说了贯高企图杀害刘邦,便立即向朝廷告密。刘邦迅速追捕了赵王张敖。消息传来,赵午等人纷纷要自杀,贯高生气地骂道:"这么没种,我们原不想连累赵王,现在还是惹得赵王被捕,你们要是都自杀了,谁替赵王洗冤!"贯高便按死囚的样子剃去头发,跟随赵王的囚车远赴长安。

来到长安,贯高一口咬定:"造反的,是我!赵王毫不知情。"

负责审讯的官员以为贯高有意庇护张敖,便对他先用板子打,后用鞭子抽,最后用烧红的铁条烫他的皮肤。面对酷刑,贯高伤痕累累,血肉模糊,然而贯高始终都是那句话:"赵王是冤枉的,造反的是我!"

刘邦见严刑拷打没什么用处,贯高始终固执一词,便偷偷地派贯高的一个好朋友前去私下询问。贯高详细地对朋友讲了事情的原委。

刘邦知道实情后,立即释放张敖,同时,他对贯高的这种重义守信的节操十分敬重,也准备释放贯高。贯高听到这两个消息后,高兴地说:"我所以不死,是想为赵王洗冤,现在真相大白于天下,我的责任尽到了,死而无憾。"说罢,仰起头,抽剑自杀了。

🌹 责任小语 🌹

古往今来,重义守信的人总是千古名留;背信弃义的人必定遗臭万年。"信"和"义",其实就是一个人身上承载的责任,认真地尽到自己的责任,才不致辜负所有对你怀有期待的人;不履行自己应尽的责任,与背信弃义的人又有什么差别呢?

(尤守金)

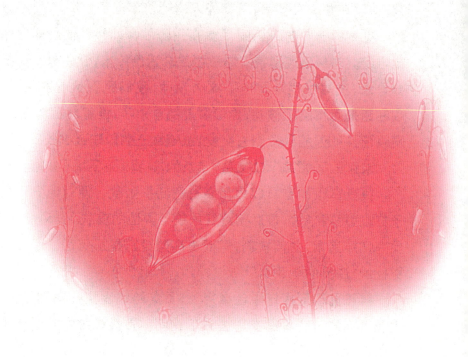

希望是长着翅膀的小鸟，
它就栖息在人的心灵里，
它唱着没有歌词的曲调，
它的歌曲永远不会停息。
——[英]狄金森

不敢愧对盛开的鲜花

在悉尼的玫瑰港湾,坐落着一座座豪华的别墅,

每幢别墅都带有一个别致精巧的小花园。

但是要想在这里居住,

除了要有经济实力还必须具备足够的责任心。

因为在澳大利亚,

私家花园的维护修整是每一位住户所肩负的社会责任。

即使你是政府高级官员,如果疏忽了对花草树木的照顾,

也将接受法律的制裁。

大自然给我们提供了赖以生存的环境,

我们应该尊重这一份美好的馈赠,

把它当做一种责任去承担,

珍惜和爱护每一个与我们共存的生命。

只有不愧对大自然的奉献,我们才能拥有更加和谐美好的家园。

令人汗颜的罚单

资源是大家的，你只能消费属于你自己的那一份！

德国是个工业化程度很高的国家，说到奔驰、宝马、西门子……没有人不知道，世界上用于核反应堆中最好的核心泵是在德国一个小镇上产生的。在这样一个发达国家，人们的生活一定是纸醉金迷灯红酒绿吧。

到达港口城市汉堡后，我们习惯先去餐馆，公派的驻地同事免不了要为我们接风洗尘。走进餐馆，我们一行穿过桌多人少的中餐馆大厅，心里犯疑惑：这样冷清清的场面，饭店能开下去吗？更可笑的是一对用餐情侣的桌子上，只摆有一个碟子，里面只放着两种菜，两罐啤酒，如此简单，是否影响他们的甜蜜聚会？如果是男士买单，是否太小气？他不怕女友跑掉？

另外一桌是几位白人老太太在悠闲地用餐，每道菜上桌后，服务生很快给她们分掉，然后被她们吃光。

我们不再过多注意她们，而是盼着自己的大餐快点上来。驻地的同事看到大家饥饿的样子，就多点了些菜，大家也不推让，大有"宰"驻地同事的意思。

餐馆客人不多，上菜很快，我们的桌子很快被碟碗堆满，看来，今天我们是这里的大富豪了。

狼吞虎咽之后，想到后面还有活动，就不再恋酒菜，这一餐很快就结束了。结果还有三分之一没有吃掉,剩在桌面上。结完账,个个剔着牙,歪歪扭扭地出了餐馆大门。

出门没走几步,餐馆里有人在叫我们。不知是怎么回事:是否谁的东西落下了?我们都好奇,回头去看看。原来是那几个白人老太太,在和饭店老板叽里呱啦说着什么,好像是针对我们的。

看到我们都围来了,老太太改说英语,我们就都能听懂了,她在说我们剩的菜太多,太浪费了。我们觉得好笑,这老太太多管闲事!"我们花钱吃饭买单,剩多少,关你什么事?"同事阿桂当时站出来,想和老太太练练口语。听到阿桂这样一说,老太太更生气了,为首的老太太立马掏出手机,拨打着什么电话。

一会儿,一个穿制服的人开车来了,称是社会保障机构的工作人员。问完情况后,这位工作人员居然拿出罚单,开出 50 马克的罚单。这下我们都不吭气了,阿桂的脸不知道扭到哪里去了,也不敢再练口语了。驻地的同事只好拿出 50 马克,并一再说:"对不起!"

这位工作人员收下马克,郑重地对我们说:"需要吃多少,就点多少!钱是你自己的,但资源是全社会的,世界上有很多人还缺少资源,你们不能够也没有理由浪费!"

我们脸都红了,在心里都认同这句话。一个富有的国家里,人们还有这种意识。我们得好好反思:我国是个资源不很丰富的国家,而且人口众多,平时请客吃饭,剩下的总是很多,主人怕客人吃不好丢面子,担心被客人看成小气鬼,就点很多的菜,反正都有剩,你不会怪我不大方吧。

事实上,我们真的需要改变我们的一些习惯了,并且还要树立"大社会"的意识,再也不能"穷大方"了。那天,驻地的同事把罚单复印后,给每人一张做纪念,我们都愿意接受并决心保存着。阿桂说，回去后，他会再复印一些送给别人，自己的一张就贴在家里的墙壁上，以便时常提醒自己：

钱是您的，但资源是大家的！

※ 留 克

责任小语

地球是一个大家庭，它用有限的资源养活着我们一家人。你浪费的资源多一点，意味着别人获得的资源就少一分。所以，我们都应该记住：资源是大家的，你只能消费属于你自己的那一份！每个人都有节约资源的责任和义务。

（李 俊）

美国警察爱管"闲事"

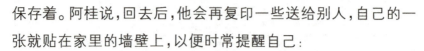

可一会儿，那警察又来了，心里就有点发怵了，是不是看我转来转去像形迹可疑的人呢？

我对美国警察最早的印象是在美国独立日那天，骑在马背上维护秩序的警察，威风凛凛、气度非凡，像极了美国早期的西部牛仔，那一直是我心目中的硬汉形象，敬佩不已。然而美国警察那种事无巨细的、爱管闲事的劲头，有时都觉得他们是不是有点儿不务正业。

122

刚来美国时，我在路上总是看到这样的情景：一两个修路工人在修路，几个人围着指手画脚，而同时又总会有一两个警察全副武装地站在那儿看护着。就觉得很怪，这修路和警察有什么关系呢？就问美国的朋友，朋友反而很奇怪我会这么问："路上有那么多的行人车辆，万一不注意伤到了人怎么办？""可行人车辆自己会注意的呀！""万一有人不注意，所以警察就有责任站在那里监护！"这才明白原来这也是美国警察的责任。

一次，我看到一则租房广告，房子在摩顿中心，步行5分钟到地铁站，价格很便宜，很符合刚来美国囊中羞涩的我的要求，就即刻给房东打了电话约了看房时间。下了地铁，按照房东指的路线找来找去，就是找不到那地方，倒霉的是临出门时忘记带房东的电话了。走了远远不止5分钟的路程，10分、20分都有了。后来头都走蒙了，就在那里绕起了圈圈。

突然一部警车停在了旁边，很意外，看看周围确实就我一人，于是赶紧站着不动了。

"你需要帮助吗？"很和蔼的大个子警察。

"不需要，谢谢！"原来是想做好事啊！不过还是离警察远点好。看看警察没有了反应，抬腿就溜。

可一会儿，那警察又来了，心里就有点发慌了，是不是看我转来转去像形迹可疑的人呢？

"你真的不需要帮助吗？"

"我迷路了！"赶紧递上地址，以证明我是在寻找人而不是想干什么违法的事。

"这里还很远呢，你走路是走不到的！"他看了一眼纸条，语气里似乎有点儿幸灾乐祸。

"那我就不去了！"既然那么远，就没有必要去看了。

"我可以送你去！"

第五辑 不敢愧对盛开的鲜花

123

这是坚决不可以的,无缘无故地上了警车,别人看着还以为我干了什么坏事呢! 可我越推辞,那警察就越坚持,看到已有人在注视了,就只好快快地上了警车,好在一路上他没有拉警笛,要不然没到那里,我已经被吓昏过去了。到那里把那房东骂了一通,他看我和警察一起,魂都吓飞了,忙说对不起他说错了,不是到地铁站 5 分钟,而是到巴士站 5 分钟,再坐巴士到地铁站。

警察又把我送回地铁站,我说那房东骗了我。他说不要轻易相信人,但可以相信警察。而我想难道这也是你们的责任吗? 如果是,那为了履行这些责任,得需要多少警察啊!

没有过多久,就又给警察好心地管了一下,不过这次是在他的职责之内,我阻碍了交通:我的车在繁华路段抛锚在路的中间了! 虽然我已经打了紧急灯,可还是有车不明就里地停在了我的后面。我只好下车去通告他们。我站在那里手还没有举起来,还没有实地尝尝做交通警的滋味呢,一辆警车就呼啸着来到了我身边。一黑人警察极威严地说我阻碍了交通!

我知道,可我也不想啊,我的车抛锚了! 我无奈地指指我的车。

那你去那边,他指指路边。我乖乖地过去。他指挥着车绕道而行。车少了,他就钻进我的车里,一只脚放在地上用力蹬,手转动着方向盘,后退着把车移到路边。(我这才知道,车死火了,一个人也可以把车移动,而不是我想象的要几个人推。不过后来我专门试过,我不够高,使不上腿力!)

他说他打电话叫人来把我的车拖走。我问他要不要付钱。(后来我很后悔这么问,这么关键的时刻还在考虑钱的事,看来我这人的思想觉悟也太低了!)他说要。我说那我还是打给 AAA 吧,我是他们的会员。他说那好。不到 10 分钟,AAA 的车就到了。

那时我就想警察叔叔多管点闲事, 对我们老百姓来说还真是一件好事！心里又感动又感谢。我想，这才是好警察啊！怪不得在美国无论你遇到了什么事，都可以打 911 找警察呢！在美国，警察只是一种职业，而不是一种特权。

✹ 寒星静月

❀责任小语❀

美国警察管得事情的确很多，不过，挺佩服他们这种工作作风，无论事情大小，只要关系到百姓，就属于他们的职责范围。正是由于有了尽职尽责的警察，人们的生活才多了一分坦然与放心。

（李　俊）

不敢愧对盛开的鲜花

不久前有一位政府高级官员搬走了，这里的房子没卖，有一个多月没过来修整，花园杂草丛生，花木枯萎，结果被邻居告上法庭。

初到澳大利亚，听当地朋友讲，这里是环境、动植物第一，人第二。心中颇感惊诧。

从墨尔本往南约 300 公里就到了南太平洋。海岸是刀削般的峭壁，经海水长年侵蚀，峭壁已退却了很远，海水中还残存着一些奇形怪状的巨石，被人们称为"十二门徒柱"、"伦敦桥"等，很是壮观。不过，最吸引我的还是那浪花飞沫。海风卷着巨浪一路冲来，凶猛地撞击在悬崖峭壁上，溅起的层层飞沫竟是那样厚重、洁白，简直就是一片"雪原"，纯净得让人心颤。离开这里上车之前，人们照例要去洗手间。导游笑着说：现在大家是幸运的。因为很久以来环保部门都不允许在这里修建厕所，这场官司打了20多年。直到2000年，在满足了他们提出的对污物科学处理等极苛刻的条件之后，偌大一个旅游观光景点才有了一个洗手间。也就是说，在此之前，受委屈的是人。

　　菲利浦岛上聚居着两千多只小企鹅，现已辟为保护区。观赏企鹅归巢别有一番情趣。企鹅每天日出之前就下海觅食，晚上才上岸。夜幕降临了，我们坐在清冷的海边上，眼盯着茫茫大海，静静地等候着。突然，一排海浪把小精灵们推上了沙滩。一只、两只……刚上岸还有些胆怯，尔后就成群结队地奔了过来。澳洲的企鹅只有鸽子那样大，油光发亮的黑色羽毛，雪白的肚皮，走起路来摇摇晃晃，活脱脱一位倒背着双手的"老太爷"。多想把这憨态可掬的形象拍下来啊，可是我掏了几次相机，最终还是没有取出来。因为上岛之前已被警告：为防止闪光灯刺激企鹅的眼睛，不许照相！随行的朋友也许看出了我的心思，便说：你知道这些"老太爷"们的身价有多尊贵吗？去年两只企鹅迷失方向，漂泊到了对岸的新西兰。它们身上都有标志，是新西兰政府专门派了一架飞机把它们送回来。

　　在悉尼的玫瑰湾，一条林荫大道两旁，绿茵茵的草坪上散落着一幢幢别墅。每幢别墅都有一个或五彩缤纷或别致精巧的小花园。"这房子的主人一定很有钱。"不知谁说了一句。"不光要有钱，更要有责任心。"澳大利亚朋友马上说。原来在澳大利亚，私家花园的维护修整是要对社会负责的。这里用工特别昂贵，许多时候根本就雇不到人，不管你有多高的身份，每周也得拿出半天时间在花园中精心操作。不久前有一位政府高级官员搬走了，这里的房子没卖，有一个多月没过来修整，花园杂草丛生，花木枯萎，结果被邻居告上法庭。他在交纳了罚款之后，还深表内疚，愧对了那些盛开的鲜花，因为它们也有生命呀！

我渐渐领悟到，在这里人们对大自然、对环境的态度，已经由爱护升华到尊重。

❋ 薛津泉

❧ 责任小语 ❧

尊重是相互的，人与人之间如此，人与自然之间也是如此。尊重大自然，大自然会回报我们一个舒适安然的生存环境；不尊重大自然，它的报复足以毁灭无数的生命。把这份尊重当成一种责任，我们的家园才会变得更加和谐与美好！ （李 俊）

爱管"闲事"的西班牙人

看她这么固执，我一边在心里责怪她"多管闲事"，一边很不情愿地擦起车来。埃里斯太太盯着我把车擦完，又亲自检查了一遍，才放我出门。

西班牙的哈卡是比利牛斯山脚下的一座小城。初到哈卡，有一天，我准备开车出门。我刚发动了车子，邻居埃里斯太太

127

站在了我的车头前。我下车问她："有事吗，埃里斯太太？"她说："我要告诉你的是，你的车有点脏了。"

"埃里斯太太，我会洗的，感谢你的提醒！"

可是，埃里斯太太似乎并没有离开的意思。我就问："还有其他事吗？"她说："你要上街，我认为你应该马上洗车！"

我努力保持着"和颜悦色"，说："我知道了，埃里斯太太，谢谢你，我会洗的！"

"不，我认为你得立刻洗！"

看她这么固执，我一边在心里责怪她"多管闲事"，一边很不情愿地擦起车来。埃里斯太太盯着我把车擦完，又亲自检查了一遍，才放我出门。

我开车到了一个图书馆附近。车停稳后，一个保安热情地走过来为我服务。我看他这么热情，就拿出小费给他。谁知一不小心，把口袋里的两枚硬币带了出来。两枚硬币顺着斜坡，滚进了下水道。

我付了小费，准备离开。这时，保安说："先生，你的硬币……"我说："不要了！"他却拦住我，很坚决地说："那可不行！"说完，他拿出手机打了一个电话。

这是干什么？我自己的钱不要了，难道还犯法吗？

不一会儿，两个身着工作服的人朝我们走了过来。在那位保安的指挥下，这两个人将下水道的盖子撬开，取出了那两枚硬币。保安掏出钱，作为那两个工作人员的报酬，然后把两枚硬币还给了我。

我对此很不理解，就问保安为什么这么做。保安说："我觉得这是我的责任。"

我把上述"遭遇"说给了在西班牙待了很多年的一位老乡听，他听完哈哈大笑说，这些"闲事"，每个西班牙人都会管。在西班牙，人们没有"闲事"的概念，无论是谁的什么"闲事"，其他人都要过问，而且会很负责任地一管到底。

先说问路。你问到的那个西班牙人如果听不懂你的话，就会去找能听懂你话的人来帮助你。因为他知道，如果他不帮你，你就会继续在那里问路。西班牙人视时间为生命，如果你恰好问到了他的家人、朋友，就可能耽误他们的时间，甚至影响他们去办要紧事。

如果你的车没有擦洗，西班牙人就更要管了。西班牙是个十分注重环保的国家，对影响环境的行为一律严惩。你把"衣冠不整"的车开到街上，就可能被处罚，警察还会问你住在哪个社区。你一个人被处罚了还不算，你居住的社区也会被记录下来，以后警察会不定期地到你所在的社区突击检查。这样，别的社区的人们会认为，你们的社区一点儿环保意识都没有，会因此对你们"另眼相看"的。

我随后的一些经历再一次印证了老乡说的话。在西班牙人看来，每天自己周围发生的那些看似和自己无关的"闲事"，其实最终都会七拐八拐、或多或少地和自己扯上关系，所以一定要管。

❋ 唐元春

🌹责任小语🌹

我国有句俗话："各人自扫门前雪，莫管他人瓦上霜。"告诫我们少管他人的闲事，只管把自己的事情做好。这种观念要是放在西班牙，是截然错误的。如果每个人都只管自己门前的雪，难免别人瓦上的霜不会掉落到你的院子。所以，最好的做法是：扫好自己门前的雪，进而也帮别人做点力所能及的小事。 （李 俊）

对陌生人的责任

我在心里不断犯嘀咕：这么晚敲陌生人的门要东西，是否太打扰了呢？是不是自讨苦吃？

在美国住了快十年，万圣节一直没有认真过过。万圣节又叫鬼节，过节时大家扮成各种怪样子，装神弄鬼，吓唬人玩。其中最重要的一个节目，就是天黑后孩子上门来要糖，你不给，人家就可以捉弄你一番。我对此一向不适应。陌生人来敲门，不断地下去开，又烦人又没有安全感。前几年住在纽黑文，那里治安不好，过万圣节就更无乐趣。

今年搬到波士顿，女儿也长到 5 岁，渐渐懂事了。万圣节前一周，她就惦记着买服装，晚上去要糖。去年的万圣节，这一节目是由妻子带着她和一群幼儿园的小朋友及其家长集体行动。如今新到一个地方，路都不认得，也找不到伴，为安全起见，只好由我带孩子出门。

夜色漆黑一团，到处都阴森森的，我们完全被一个陌生的、似乎是充满危险的世界所包围。我拉着女儿的小手，走在漆黑的路上，深一脚浅一脚。我在心里不断犯嘀咕：这么晚敲陌生人的门要东西，是否太打扰了呢？是不是自讨苦吃？

女儿倒是比我有信心。她穿着粉色衣裙，背上有一对翅膀，一副小天使的样子，自告奋勇地按第一家的门铃。那扇门一打开，屋里灿烂的灯火顿时撕开夜幕，仿佛是天堂对她打开了门。夫妇两人见了她就心花怒放："哎呀，我的小天使、小宝贝，你真漂亮、真可爱！"他们一边招呼我们进屋，一边要把一小篮子巧克力倒在女儿手中的篮子里。我急忙拦住，说她实在要不了这么多。主人兴致未尽，不停地问孩子几岁了、上学没有、喜欢什么、住在哪里，这一下我心里不仅放松许多，而且开始分享女儿的喜悦。

再往前走，女儿变得越来越勇敢，见一栋房子就自己冲上去按门铃。那家只有女主人在。她见了孩子，高兴地说："我自己的女儿已经上大学了。她像你这么大时，也这么漂亮。"我随口问一句："她在哪里上大学？"

"哈佛。"我眼睛一亮，马上问："她中学在哪里上的？"心里想的是自己的女儿以后去哪里读书。女主人看出我的心思，又知道我们初来乍到，马上找笔给我留电话，说她在这一带的学校做社会工作，关于当地学校的问题一定要来问她，还说等她女儿回来，要请我们来家里吃饭，好好聊聊。临走又翻自己的书架，找出三本5岁孩子的儿童读物要我们带走。

女儿的情绪自然越来越高涨，她觉得自己是全世界最得宠的人。很快，手中篮子里的糖太多、太重，已经拿不动了，只好提前回家。回到家洗漱完毕，倒头就睡了，不过睡前说了一句："今天我有这么多的快乐！"

看着她那张熟睡的小脸，我突然对自己住的社区和邻居们产生了由衷的热爱。同时，回想一下自己小时候成长的经历，也一下子领悟到万圣节的意义。

我的女儿和我是在完全不同的社会中长大的。我们都体会到人间的友爱，但是，她从小就感受到这种友爱存在于陌生人之间。她知道,在漆黑的、看起来很危险很可怕的夜里,她可以从陌生人那里得到无限的甜蜜。人家怎么对待她,很大程度上决定了她长大后如何对待别人。而我们这一代人,则主要是从亲友熟人中感受到这样的温暖,很难懂得陌生人之间的纽带和感情。

最令我感动的是这次打扰的最后一家。主人是个盲人,生活全靠一只导盲犬。我开始还觉得给她找了太多麻烦,女儿首次看到是个盲人,也有些害怕。可是,盲人热情地在桌子上给孩子摸糖,嘴里不停地说:"你的声音像个天使。"

我赶紧说:"我们每天上学都经过你的房子。"她听了越发高兴,一个劲儿地说:"看来我们早就是朋友了。"我看着她准备得整整齐齐的一桌子糖,实在想不出这么一个生活不便的盲人,为招待素不相识的孩子要花多少时间,而在漆黑的夜里对陌生人敞开大门,又是多么大的信任!看来,一个生活颇为不幸的人,也本能地懂得自己对陌生人的责任。

"爱你的邻人"这样的训导,几乎在各个文化中都有,这样的精神在不同社会中的存在形态却有天壤之别。我们面临的挑战不是如何记住这样的话,而是如何使之成为我们的生存状态。

❀ 阴　谋

🌺责任小语🌺

　　你是不是也挺想过这么一个可以随意向陌生人索要糖果的万圣节呢?其实,我们缺少的不是节日,而是对陌生人的爱和信任,以及对陌生人负责的精神!从现在起,每天对你周围的人展露笑颜,你就会发现你的生活充满阳光!

(李　俊)

一块 625 欧元的树皮

树也有生命，交通肇事者，要为伤及到的任何有生命的物体负责，所以，那棵被撞伤的槭树也不能例外。

德国里特堡的高中生克雷斯蒂在驾车旅行时，发生了一起车祸。为了避让一辆迎面而来的运货卡车，克雷斯蒂紧急转向，结果撞到了公路边的一棵槭树上。

这是一棵有 20 年树龄的大树，很粗壮，所以，克雷斯蒂的小汽车当场就撞报废了，而克雷斯蒂本人也撞成了严重脑震荡。

克雷斯蒂还没有痊愈出院，一张由当地林业部门开出的付费信函已经邮寄到了他的家里。付费账单上写着：克雷斯蒂先生，由于您肇事撞破了路边槭树的树皮，所以请您到银行支付 625 欧元费用。下面，还附了一份应付款项明细。

第一项，树皮伤害费。被撞槭树树围长度为 89 厘米，虽然事后依然郁郁葱葱，挺拔如初，但树皮受损部分长 33 厘米。按照规定，肇事者应赔偿槭树价值 980 欧元的 55％，539 欧元。第二项，受损树皮清理费。事故发生后，护树人员花了三小时清理受损树皮，应付劳务费 79.5 欧元。第三项，见习费。一名实习生在清理现场帮忙 0.25 小时，按规定付费 1.5 欧元。第四项，医药费。树干伤口处被涂上了 5 欧元的药膏，应由肇事者支付。

"不就是擦伤一块树皮吗?何必这样兴师动众?"相信很多人看了这张罚单后都会这样认为。

但德国的林业部门却郑重其事,他们有一套令人匪夷所思的理论:树也有生命,交通肇事者,要为伤及到的任何有生命的物体负责,所以,那棵被撞伤的槭树也不能例外。

责任小语

接受了这一张罚单后,相信克雷斯蒂以后驾车一定会非常谨慎。正是由于对所有生命的尊重,德国人才会拥有如此好的生存环境。善待我们身边的每一个物体,哪怕它只是一棵树,它也会回报我们更多的氧气、更好的绿荫!

(李　俊)

和邻居澳洲老奶奶的故事

如果此时还没有律师、监护人或者说担保人出现,很可能就因这点"小事"被遣送回国。我们像热锅上的蚂蚁般急得一筹莫展,真恨死那个该死的老太太了。

我高中时代就到澳大利亚留学。父亲的一位在澳工作的何姓朋友颇费周折地给我们找到了一处房子。这样,我们一行四个男孩子便与一个名叫玛利亚娜的单身老太太做了邻居。

玛利亚娜用我们中国话来说，就是个孤寡老人。作为邻居要多照应些。我们商量了许久，觉得帮助玛利亚娜打扫室内卫生是最起码的，也是我们力所能及的事情。玛利亚娜像以前一样热情地欢迎我们进屋，可是当我们说明来意时，她的神情转瞬变得极为严肃，并且生气地问我们："你们是认为我老得连做清洁的力气都没有了吗？"我们被她的这种态度弄得十分尴尬，又不明就里。只是突然间觉得以前那个和蔼的玛利亚娜不见了，换之的是一个不通人情世故，甚至是十分怪异的老太太！

事后，我们把这件事情告诉了帮我们找房子的何叔，而何叔的解释大大出乎我们的意料。在澳大利亚，如果让18岁以下的未成年人到家庭以外的场所干活，无论是否是小孩自愿，均被定性为虐待未成年人的违法行为，情节严重的，可以判处有期徒刑。何叔说，要想帮助老太太也很容易，到学校开个证明说你们是做义工即可。做义工就是像国内的青年志愿者一样，义务献工而不取任何报酬。做义工不仅各类学校经常集体组织，而且澳政府大力提倡。这就是老外的"死板"，无非是多办个手续。他们认准的按规则办事，就是自找麻烦也甘之如饴。

当我们再次来到玛利亚娜家里，把学校的证明拿给她看时，她笑着挨个在我们每人脸上亲了一口。自此以后，我们和玛利亚娜奶奶的关系越来越亲密，每半个月去帮助她做一次家务几乎成了一种习惯，当然，每次都要把学校的"证明"在她眼前晃动一下。

没有想到的是，尽管我们和玛利亚娜奶奶的关系处得不错，但还是出事了，老太太把我们送到了警察局。事情是这样的，为了庆祝一位室友的17岁生日，我们厚着脸皮从何叔那里要了一瓶香槟。何叔实在拗不过，就千叮咛万嘱咐这酒一定要偷着喝。在澳大利亚,18岁以下的未成年人绝对不允许喝酒,也不可能买到酒,如果有谁胆敢出售酒给未成年人,经查证落实,该家商店肯定要被吊销执照。

尽管我们紧闭门窗,但还是招来了玛利亚娜奶奶的亲自光临。她一敲门,我们就赶紧藏好了酒和酒杯,她也只是在客厅里站了一会儿,既没有问我们这是做什么,也没有说明她此行的来意,充其量只是翕动了几下鼻翼就匆匆离开了,但我们还是大致猜出了她是为了警告我们不要喝酒,只是不好明说罢了。虽然如此,我们并没有停止。大约半个小时过后,老太太又来敲门了,我们问明了是她,就又赶紧藏起空瓶子和酒杯,哪知慌乱之中打碎了一个玻璃杯。顶不住她一阵紧一阵地敲门,让她进屋时,地上的玻璃碎片还没有彻底收拾干净。这回老太太可没有那般和颜悦色了,她一板一眼地告诉大家:"孩子们,你们知道我经历了一种怎样的煎熬吗?我是在亵渎法律啊,也是在变相地害你们!但你们还是不知道自我改正,我只好向警察局报告了,否则我就犯下了知情不报之罪了!"无论我们怎样哀求,最后还是被三位警察带到相当于我们的社区值勤点的地方。做完了笔录,写完了"悔过书",如果此时还没有律师、监护人或者说担保人出现,很可能就因这点"小事"被遣送回国。我们这才意识到问题的严重性,给何叔打电话,他的住处无人接听,只好给他的电话留了言。可能已是深夜,他的手机也关机了。我们像热锅上的蚂蚁般急得一筹莫展,真恨死那个该死的老太太了。而恰恰就是在这个时候,一个熟悉的身影出现在我们面前,玛利亚娜来了!她平静地对我们说:"孩子们,别着急,我来接你们回家!"

有了玛利亚娜的担保,我们又很快获得了自由。

获得自由的第二天,何叔来看我们,何叔问清楚了情况后，长长吁了一口气："真该感谢玛利亚娜奶奶呀！她主动充当你们的担保人，不仅要交纳一笔保证金，以后还要对你们负责任，如果你们今后有谁再出现同类错误，警察第一个就会去找她。""既然这样，她为什么还要举报我们呢？"我问。"这就是文化的差异了，举报小孩喝酒是这里所有人的责任和义务，就像我们老师批评犯错的学生那般正常而简单。但是，举报之后却又充当担保人，而且是为了一群无亲无故的外国小孩，却不是每个人都能做得到的。所以，你们一定要吃一堑长一智，不要再给任何人添麻烦了。"何叔解释说。

听何叔这样一讲，我们怨气顿消。明天要到玛利亚娜奶奶家去表达谢意。我想，能碰到这样的一个好邻居，是我们的幸运。

❋ 黑 潇

责任小语

　　"做有责任的好少年"，这不是一句只用来表达心情的"豪言"，它真实的体现在我们生活中的点点滴滴。做我们有权利做的事，承担我们应该承担的义务，就是有责任感的好少年！（李 俊）

感受瑞士人的环保意识

你看，我们瑞士多美啊，这是上帝对我们的偏爱，给了我们这么美丽的蓝天绿地，我们怎么能不去爱它、保护它呢？

　　2006年五一长假，我去瑞士旅游了6天。6天里，瑞士留给我最深刻的印象就是——洁净。在瑞士，我从苏黎世时而乘车，时而步行，一直到洛桑，没有看到一处不洁净的地方，每一个角落都干干净净，没有一片纸屑、果皮等杂物。墙壁、广告牌匾等更是洁净如新。这让我特别惊讶，感叹不已。而通过与瑞士人的接触，令我更感觉到了这个国家环保意识深入人心。

　　到瑞士的第一天晚上，我就被上了一堂环保课。住在旅店里，房间中有蓝绿两种颜色的垃圾箱，当时我没明白垃圾箱还要放两个的意义，就将果皮、塑料包装袋等垃圾一股脑塞到了一个垃圾箱里。第二天早晨起床洗漱后，旅店服务人员到房间收拾时，她打开垃圾箱，将里面的东西作了分类。原来两个垃圾箱一个是放可回收垃圾，另一个是放不可回收垃圾的。看着服务人员细致地分拣着，我的脸立刻红了起来，连忙表示歉意。

　　第二天，我到了瑞士首都伯尔尼，这是个小巧的中世纪风格城市，完整地保留着中世纪城市的美丽风貌。从这一点也看出，瑞士人在保护文化古迹方面的意识和成果，因此它被联合国教科文组织列入了世界文化遗产名录。在餐馆用午餐时,我与一位叫伦斯特的瑞士人认识了,他见我这副东方面孔,就主动和我打招呼。伦斯特是位中学教师,瑞士的官方语言是德语,但伦斯特的英语特别好,我们之间交流没有任何障碍。当得知我是中国人时,他说他对中国十分感兴趣,有机会一定要到中国去旅游。他也是在休假旅游,目的地是费里堡,恰好和我去洛桑的方向一致,于是我们结伴上了路。

在这一路上,我感受到了伦斯特强烈的环保意识,每遇见路上有碎纸片等杂物,他便弯身捡起来拿着,走过垃圾箱时放进去。我问他,每个瑞士人都会像他这样做吗?他说,相信很多人会的,因为这样做是很自然的事。在半路上,遇见了十几个年轻人正坐在树荫下野餐。见了我们,很热情地招呼,我们便在他们旁边坐下来歇息。这时,飞来了几只灰蓝色的小鸟,落在跟前的树上吱呀地叫着,一个女孩揉碎一块面包,张着手呼唤小鸟,让我惊奇的情景出现了:先是两只小鸟飞来,大胆地落在她手上,啄食面包屑。接着几只小鸟都飞过来了,有的小鸟没地方落,就落在了他们放食物的纸上面,毫无顾忌地参与了他们的野餐。

这是多么和谐的一幕啊!人与自然、人与小鸟,构成了一幅十分和谐美妙的画面。

看我惊讶感叹,伦斯特对我说,瑞士人从不伤害小鸟,所以一些小鸟不怕人。就是一些很警觉的松鼠、兔子等小动物也不怕人,常常会主动接近人群,向人要食物,与人嬉戏。

年轻人起来走之前,将垃圾捡得干干净净,放进随身带的一个塑料袋里。有的人还俯下身来,爱惜地将坐过的草地用手抚平。看到这一幕,我真的感到,对环境的自觉爱护意识,已深入到了他们的骨髓里。

重新上路后，我对于瑞士人保护环境的自觉性表示了由衷的赞叹，而伦斯特认为在瑞士，每个人都认为保护环境是自己义不容辞的责任，糟蹋环境会受到众人的批评和斥责，会很难在社会立足。最后，他大发感慨："你看，我们瑞士多美啊，这是上帝对我们的偏爱，给了我们这么美丽的蓝天绿地，我们怎么能不去爱它、保护它呢？"

到了费里堡，他到目的地了，我还要向洛桑走，分别前，他请人为我们拍了几幅合影，最后握手道别时，我说欢迎他到中国旅游，他说有机会一定去中国看古老的长城。

❋ 李洪洋

❀责任小语❀

我们自己的小房间乱了，会想到要收拾一下；家里的地板脏了，也知道要帮助父母洗洗擦擦。对家的爱惜，让我们肩负了维护它的责任。其实，周遭的环境也是我们的家，环境不佳，直接影响的还是生活在其中的我们！让我们每个人都把保护环境当成自己义不容辞的责任吧！

(李 俊)

坚守责任的力量

在快落下山崖的那一刻，他的冰锥紧紧地插进了雪层里，他没有滑落下去。但他随时有可能被雪崩的冲击力推下去。

　　这是一个民间登山队，他们要对世界第一峰——珠穆朗玛峰发起进攻。虽然人类攀登珠峰已经不止一次了，但这是他们第一次攀登世界最高峰。队员们既激动又信心十足，他们有决心征服珠穆朗玛峰。

　　经过考察后，他们选择自己状态很好、天气也很好的一天出发了。攀登很顺利，队员们互相照应，没有出现什么问题，高原缺氧的情况也基本能够适应，在预定时间，他们到达了1号营地。大家都很高兴，因为有了一个良好的开始，就等于成功了一半。

　　第二天，天气突然发生了变化，风很大，还下着雪。登山队长征求大家的意见，要不要回去，因为要确保大家的生命安全。生命只有一次，登山却还有机会。但是大家都建议继续攀登，登山本来就是对生命极限的一种挑战。

　　于是，登山队继续向上攀登。尽管环境很恶劣，但是队员们征服自然、征服珠穆朗玛峰的信心却十足，大家小心翼翼地向上攀登。"队长，你看！"一个队员大喊，大家寻声望去，在离他们很远的地方发生了雪崩。虽然很远，但雪崩的巨大冲击力波及了登山队，一名队员突然滑向另一边的山崖，还好，在快落下山崖的那一刻,他的冰锥紧紧地插进了雪层里,他没有滑落下去。但他随时有可能被雪崩的冲击力推下去。

形势严峻,如果其他队员来营救山崖边的队员,有可能雪崩的冲击力会将别的队员冲下山崖。如果不救,这名队员将在生死边缘徘徊。

队长说:"还是我来吧,我有经验,你们帮我。大家把冰锥都死死地插进雪层里,然后用绳子绑住我。""这很危险,队长。"队员们说。"已经没有犹豫的时间了,快!"队长下了死命令。大家迅速动起手来,队长系着绳子滑向悬崖边,他死命地拉住了抱住冰锥的队员,其他队员则使劲把他俩往上拉。就在下一轮雪崩冲击到来之前,队长救出了这名队员。

全队沸腾了,经过了生死的考验,大家变得更坚强了。

最终,登山队征服了珠峰。他们把队旗插在山峰的那一刻,也把他们的荣誉和责任留在了世界上最纯净的地方。

后来,队长说:"当时,随时可能尸骨无还,我也非常恐惧,但我知道,我有责任去救他,我必须这么做。责任的力量太大了,它战胜了死亡和恐惧。真的。"

责任不仅让人勇敢,责任还能战胜死亡和恐惧。面对责任,我们无从逃避,只有勇敢地迎上前去。能够这样挑战生命困难的人,他就是一个坚强的人。

🌹 责 任 小 语 🌹

生命是蕴涵无穷能量的深井;用真情与爱浇注的责任心,是井里源源不断的生命之泉。能汲取生命之泉的人,不仅能经受住大自然的考验,更能靠自己的力量战胜死亡和恐惧! (朱小华)

责任感创造奇迹

自从那次被朋友欺骗之后，我就开始怀疑全世界，再也不相信任何人。但是今天，当我看到两个孩子彼此以生命相托时，我突然发现，我错了！

一名身绑炸药的歹徒闯入校园，挟持了两名学生。经过警方的调查，这个人曾在采石场工作多年，精通爆破技术，后来改行经商。一个月前他被自己最好的朋友李某骗得倾家荡产，精神受到刺激。歹徒身上绑的是挤压式炸药，这就意味着如果他被警方击中倒地就会引起炸药爆炸。

警方派出了谈判专家与歹徒谈判，待歹徒的情绪稍稍稳定后，两名特警悄无声息地迅速向他身后接近。眼看即将大功告成，在这节骨眼上，被挟持的女生忽然向歹徒提出要上厕所，另一名男生也跟着说要上厕所。歹徒先是一愣，顿时警觉起来。他环顾四周，立即发现了身后的一切，他下意识地拉紧了手中炸药的引信，大骂道："骗子，你们全都是骗子！"气氛骤然紧张。

片刻之后，歹徒忽然又大笑起来，一跺脚："好，我同意你们上厕所，但是只能一个一个轮流去，如果有一个不回来的话，剩下的人就给我陪葬！"

两个孩子相视片刻，男孩首先开口，对女孩说："我是男子汉，你先去吧。"女孩仿佛得到解放，转身就走，刚走出两三步，忽又停住，回头告诉男孩："请你相信我，我一定会回来。"声音很小，却字字清晰。男孩冲她点了点头："我相信你。"

几分钟后，女孩上完厕所后主动回来了。歹徒大感意外，有些沮丧，只好把男孩放出去。男孩临走时也告诉女孩："请你相信我，我一定会回来。"

男孩上完厕所，正往回走，围观人群中忽然跑出一个女人，一把将他抱住，放声痛哭。男孩叫了一声"妈"。歹徒清楚地看到了这一幕，掩饰不住得意之色，手拉引信仰天狂笑。

女孩绝望地闭上眼睛。没料到，那个母亲擦干眼泪，松开手，拍了拍男孩的肩膀："儿子，你是男子汉，有警察叔叔在，咱什么都不怕！"男孩继续向歹徒走去。

出人意料的是，几分钟后，歹徒举起了双手，向警察投降。歹徒说："自从那次被朋友欺骗之后，我就开始怀疑全世界，再也不相信任何人。但是今天，当我看到两个孩子彼此以生命相托时，我突然发现，我错了！"

责任小语

遭遇挫折的歹徒，在男孩和女孩身上见到了责任的阳光，于是重拾了对生命的信任。责任心召唤着希望和爱，可以让身处严冬的人们感受春日的阳光，懂得什么是责任带来的温暖！　　　（朱小华）

微笑面对困境

在困难面前微笑，不仅仅是一种勇气，还是对亲人和家庭的一种责任和义务。

母亲带着儿子去爬山。在山顶，儿子指着那穿梭的缆车说，我也想去坐坐。好的，母亲朝儿子笑，不过你先等等。母亲早就准备好了，母亲有恐高症，她从包里摸出药和水。儿子问，妈妈，你在吃啥？一颗糖，母亲说。儿子也想吃，母亲笑着回答，那是妈妈的专用糖。儿子也笑了。

交了钱，两人上了缆车。缆车飞快动起来，儿子唱起快乐的歌，母亲却紧闭着眼。

突然缆车轻轻震了一下，然后停下来。儿子问，怎么不动了？

缆车停下来的位置是在两个山头的正中间，下面是陡峭的悬崖，太阳散发着湿热的光，整根缆索上就只有他们一辆车，母亲朝前面看了看，有几个细小的身影在那边忙碌着。凭感觉，她知道是出了意外。她看着儿子，儿子似乎没有感觉到危险的到来，母亲放心地笑了。隔了一会儿，儿子好奇地问，怎么车子还没有动呢？母亲笑了笑，她说叔叔阿姨让你多看会儿风景呢，儿子，你看对面的山多漂亮。儿子的眼睛亮了，儿子说他从没有看过这么漂亮的山。

母亲从包里取出了电话,母亲说你想不想爸爸。儿子点点头,母亲拨通了丈夫的电话,然后把电话递过去。父亲说,你们还好吗?儿子说,我们在看风景呢,很好看。父亲说,回来吃午饭吗?儿子看着母亲,母亲把电话拿过来说,儿子想去吃肯德基。父亲说那好,早点回来,想你们了。

挂了电话,儿子又问,车子什么时候会开呢?母亲笑了,她说,叔叔阿姨们正在休息呢,要去惊扰他们吗?儿子摇摇头。这才乖,要不我们玩剪刀、石头、布,谁输了谁就唱歌。

儿子对游戏产生了兴趣,可是他老是输,输了就得唱歌,后来他困了,就倒在母亲的怀里睡着了。

等他再醒来的时候,他已经在家里的小床上了,那时时针已经指向第二天的清晨了。

儿子知道事情的真相是在上大学时,因为那一次他和他的同学也遇到了相同的意外。毕业后,他去了深圳,在公司创业的那几年,他遇到了很多困难,但他从没有退缩和害怕过,因为他知道,在困难面前微笑,不仅仅是一种勇气,还是对亲人和家庭的一种责任和义务。

✿ 王国军

🌹 责任小语 🌹

有时候,碰到挫折和困难,好象被全世界抛弃了,而身边那不离不弃的仍是母亲带着爱的责任。这份责任让母亲成为世界上最爱说谎的人:好吃的食物永远不爱吃;心里满是牵挂,嘴边却永远是"不用惦记"!有母亲的爱,我们必能学会用最灿烂的微笑面对困难!

(朱小华)

贫困不是理由

面对褒扬与质疑，李小萍依然平静，解释说——我觉得诚信和自立是自己的责任，虽然我暂时贫困，可是我没有任何理由逃避这种责任。

她只是个普通的农家女孩。

去年的高考，她考了 683 分的好成绩，超出重点录取分数线近 100 分。喜讯传来，一家人却陷入愁云惨雾之中：女孩一家 5 口，奶奶年事已高，母亲体弱多病，弟弟正上初中，全家的生活重担都压在父亲身上。父亲已经年过五旬，照顾几亩薄地，农闲时去附近煤矿挖煤，每天上午 7 点半下矿，工作到下午 4 点半才能出来吃饭，可即便如此，每月也只有几百元的微薄收入。为了供两个孩子读书。家里早已债台高筑，面对高额学费，如何去筹？

当地媒体报道了女孩面临的窘境，引起了著名音乐人高晓松的关注。他决定资助女孩，并很快联系上她，在电话里郑重承诺："我在电视上看到了你的情况，决定资助你。"善良的他怕伤害女孩的自尊，特意又补充了一句，"不是因为你贫困，而是因为你有才华。"

这对一筹莫展的李家而言，无异于喜从天降，女孩连声道谢。最后两人互相约定，女孩一旦拿到录取通知书就马上通知他,他会把学费汇过去。

半个月后,女孩致电高晓松的秘书:"请转告高叔叔,我被浙江大学录取了。"当高晓松第二天准备汇款时,那女孩又打电话来了:"高叔叔,非常感谢您的好意,可是我不能接受您的资助了。两天前,一位好心的伯伯已经资助了我大学四年的学费。昨天给您打电话,是因为我答应过您,被录取后一定要通知您。"

当时高晓松非常惊讶,也被女孩的诚实深深打动。他仍然想帮助她,于是说:"我知道杭州的物价很高,既然有人帮你出了学费,那我就负担你4年的生活费吧,每月500,你看怎么样?""谢谢您!不过,我的生活费那位伯伯也资助了。希望您能帮助别的比我更需要帮助的孩子。"女孩真诚地说。

其实,女孩完全可以接受第二笔资助,也没有人会去查证。这笔钱,可以还债,可以让父母家人过得宽裕一点,可以给弟弟买一个新书包,可以让自己的大学生活滋润一点,可是她不假思索地放弃了,选择了诚信和善良,她再次让高晓松感到震撼。

这位内心富有的贫家女孩名叫李小萍,家在四川内江市的农村。

此事传出之后,引发了一场不小的争议。很多人为她的所作所为感动,由衷地敬佩;也有人说她傻,以她的境况,同时接受两笔捐助也不违背情理啊?面对褒扬与质疑,李小萍依然平静,她解释说——我觉得诚信和自立是自己的责任,虽然我暂时贫困,可是我没有任何理由逃避这种责任。

一位普通的中学生,简单的一句话,会令多少人感到汗颜?

姜钦峰

责任小语

"诚信和自立是我的责任,虽然我暂时贫困,但没有理由逃避这种责任。"贫困女孩李小萍,用她的行动给大家上了一堂生动的道德课,这堂课的主题就叫做"责任感"! 如果我们都自觉地用诚信与自立构建我们的人生,这个社会就会因责任感的叠加而变得无比美好!

（朱小华）

因为责任

因为责任,因为信任,她由一个不合格的护士成为一名最优秀的医生。

有些事常让我感动。

在火车上,一位孕妇临盆,列车员广播通知,紧急寻找妇产科医生。这时,一位妇女站出来,说她是妇产科的。女列车长赶紧将她带进用床单隔开的病房中。毛巾、热水、剪刀、钳子什么都到位了,只等最关键时刻的到来。产妇由于难产而非常痛苦地尖叫着。那位妇产科的妇女非常着急,将列车长拉到产房外,说明产妇的紧急情况,并告诉列车长,她其实只是妇产科的护士,并且由于一次医疗事故已被医院开除。今天这个产妇的情况不好,人命关天,她自知没有能力处理,建议立即送往医院抢救。

列车行驶在京广线上，距最近的一站还要行驶一个多小时。列车长郑重地对她说："你虽然只是护士，但在这趟列车上，你就是医生，你就是专家，我们相信你。"

列车长的话感染了护士，她准备了一下就走向产房，进门时又问："如果万不得已，是保小孩还是大人？"

"我们相信你。"

护士明白了。她坚定地走进产房。列车长轻轻地安慰产妇，说现在正由一名专家在给她手术，请产妇安静下来好好配合。

出乎意料，那名护士几乎单独完成了她有生以来最为成功的手术，婴儿的啼声宣告了母子平安。

那对母子是幸福的，因为遇到了热心人；但那位护士更是幸福的，她不仅挽救了两个生命，而且找回了自己的信心与尊严。因为责任，因为信任，她由一个不合格的护士成为一名最优秀的医生。

每个人都有责任感，每个人都会为不辱使命而努力。责任能激发人的潜能，也能唤醒人的良知。给人责任，也就是给了信任和真诚；有了责任，也就成就了尊严和使命。

❋ 李中声

🌹责任小语🌹

蝴蝶在蜕变之前，是一枚丑陋的虫蛹，一生要越过无数的高山和峡谷；经历无数的失败和挫折。因为承担责任的勇气与能力，让它完成了蜕变，挣脱丑陋的过去，赢得美丽的新生！我们每个人都曾是一枚未蜕变的虫蛹，经历的风雨越多，蜕变后的翅膀才越有力，飞越的天空才更宽广！

（朱小华）